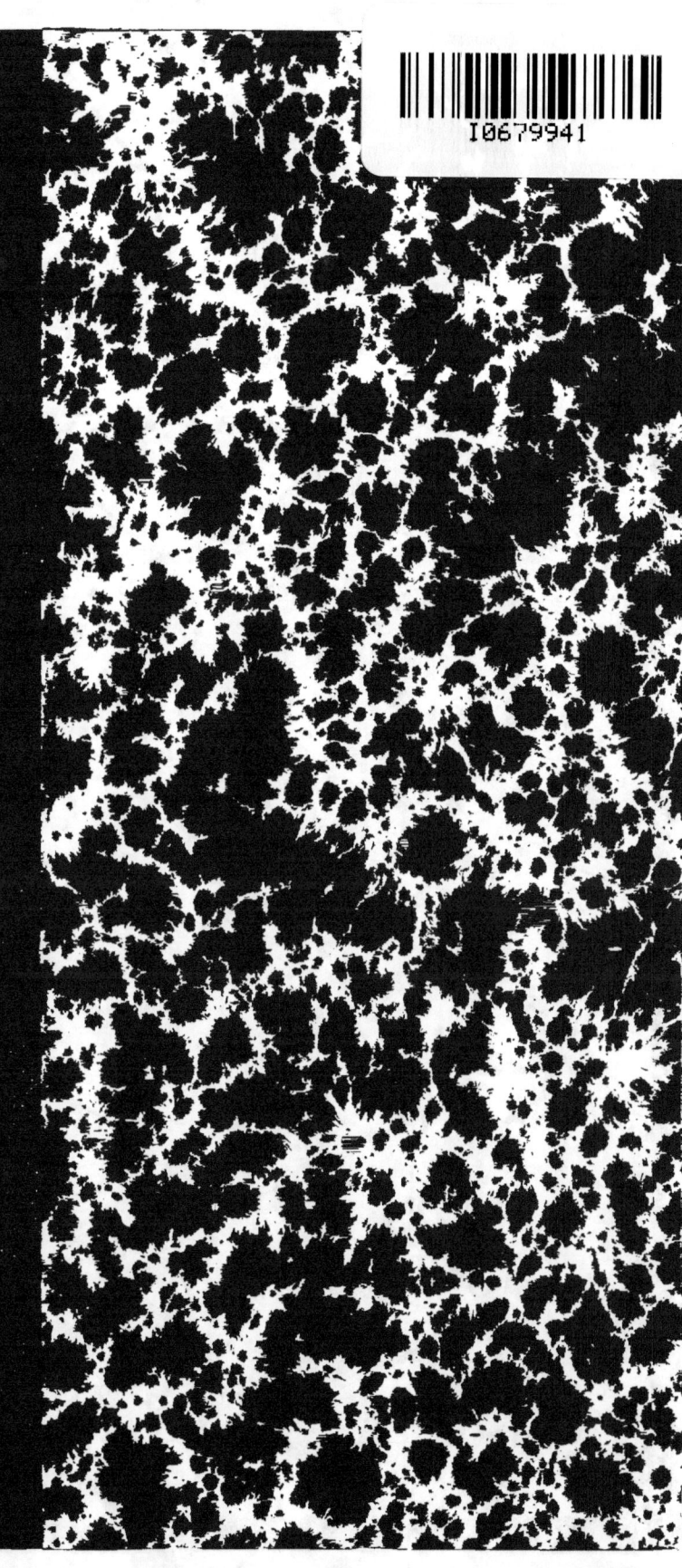

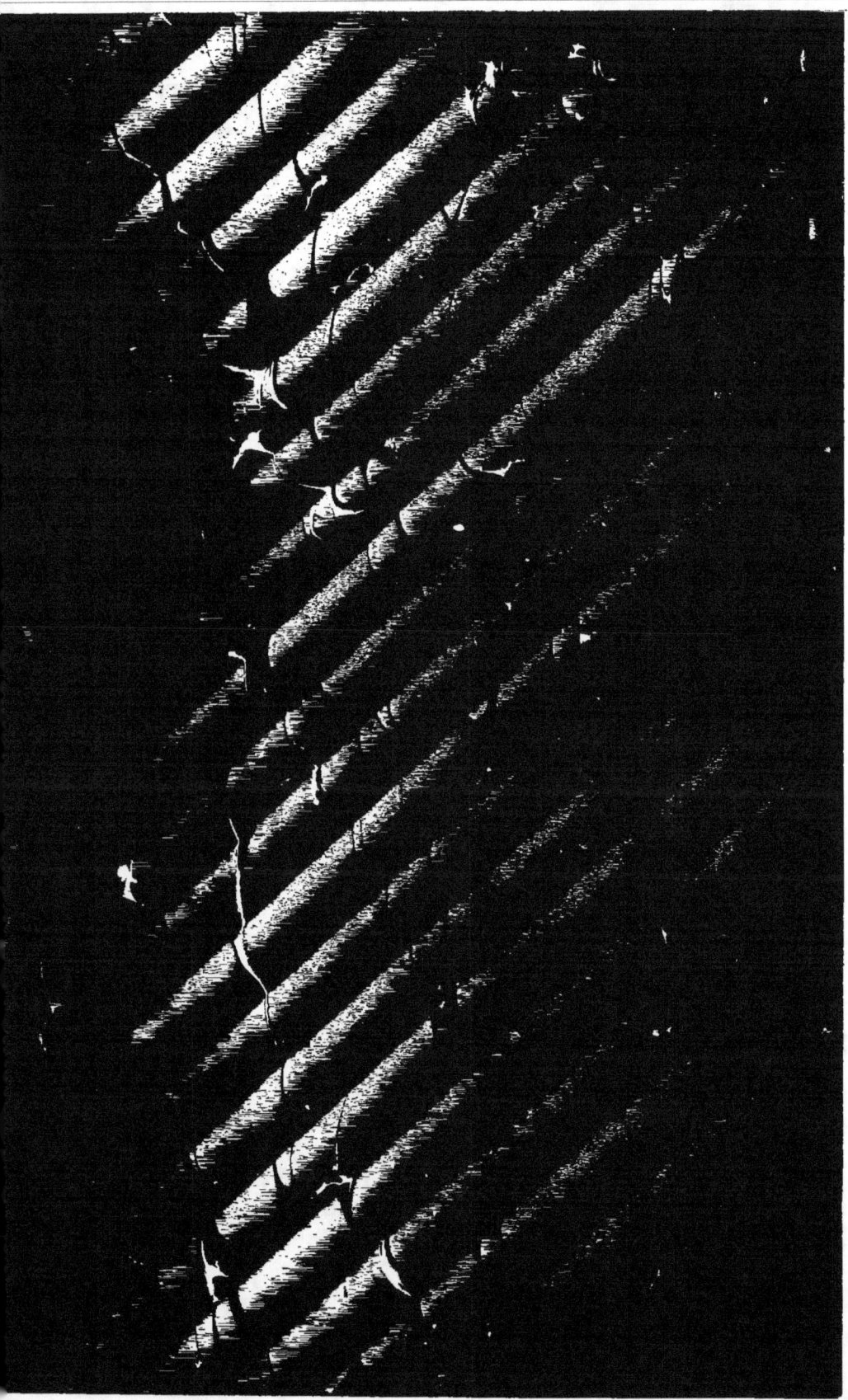

Vᵀᴱ ᴅᴇ GROUCHY

Meudon & Bellevue

PARIS

J. LEROY, ÉDITEUR

55, RUE DU FAUBOURG-POISSONNIÈRE, 55

—

1907

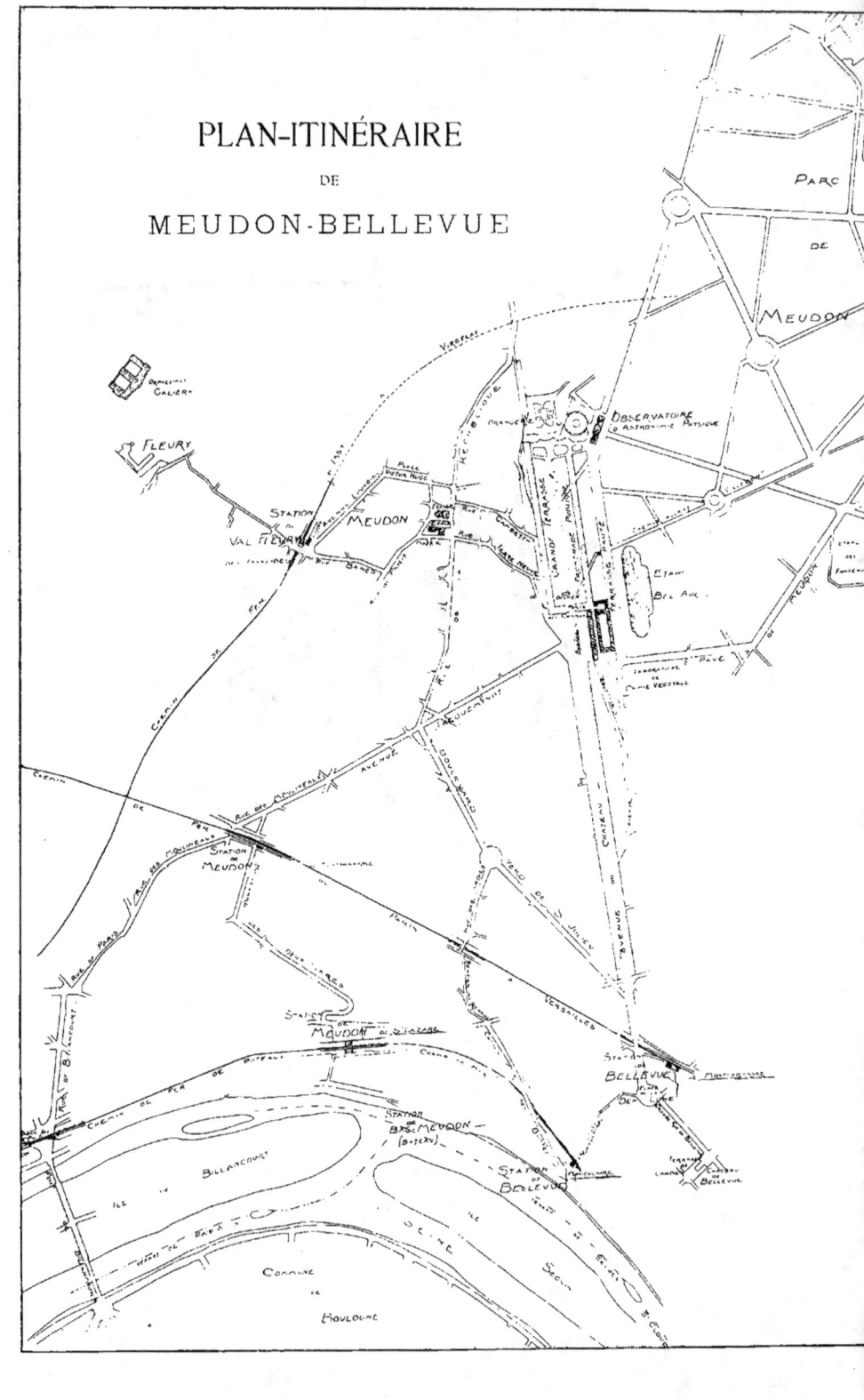

PLAN-ITINÉRAIRE

DE

MEUDON-BELLEVUE

Meudon & Bellevue

Meudon & Bellevue

CONFÉRENCE-PROMENADE

aite'à la Société des Arts décoratifs par M. le vicomte de GROUCHY

LE 15 JUIN 1906

PARIS

J. LEROY, ÉDITEUR

55, RUE DU FAUBOURG-POISSONNIÈRE, 55

1907

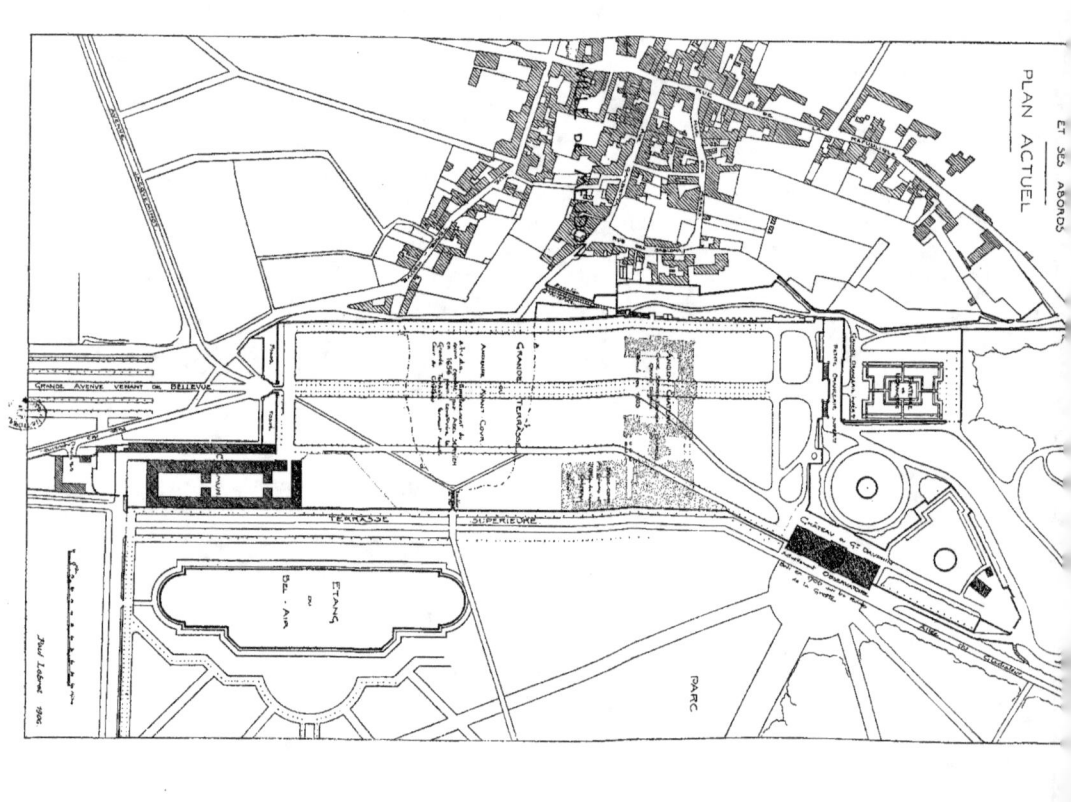

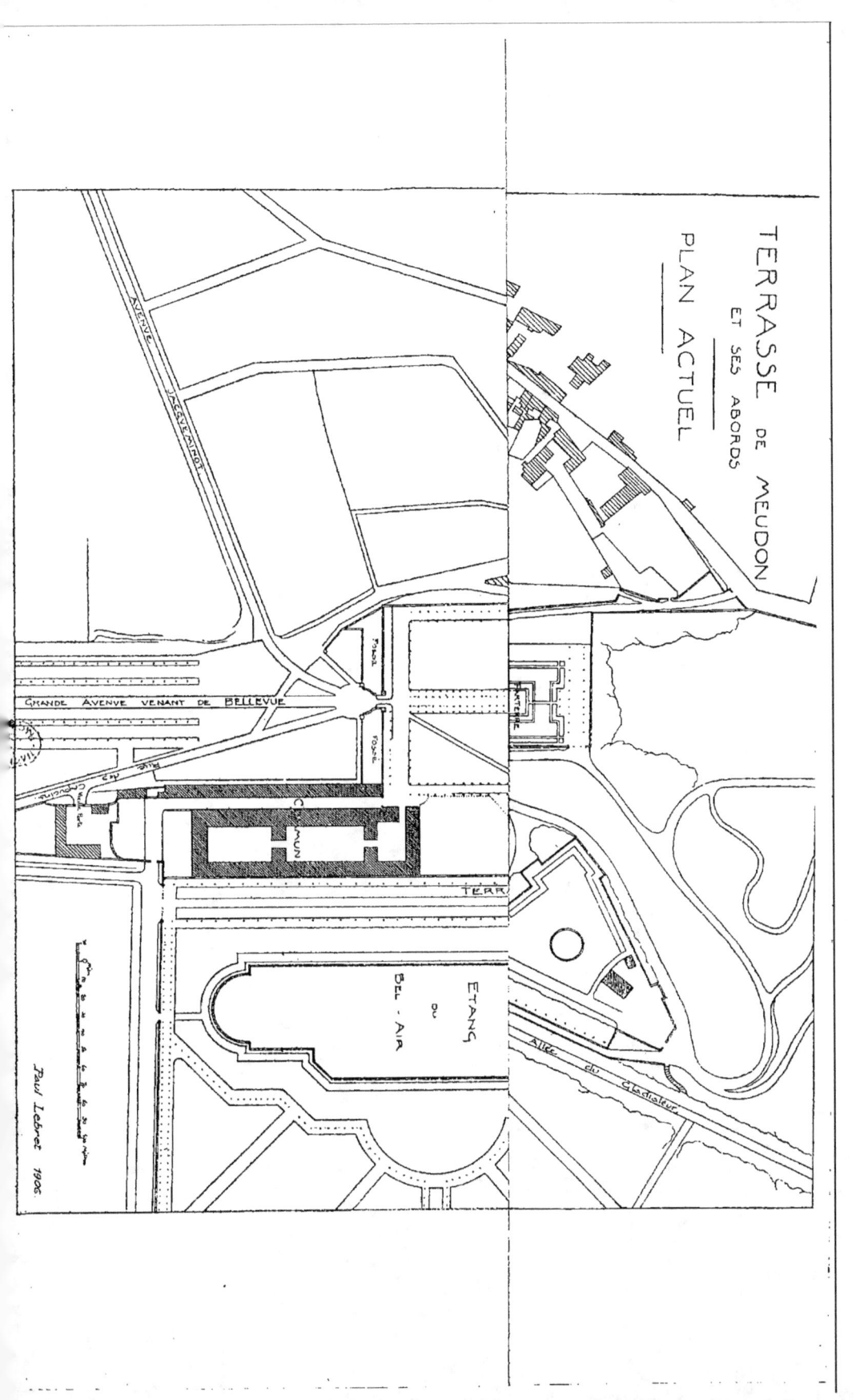

TERRASSE DE MEUDON
ET SES ABORDS

PLAN ACTUEL

Paul Lebret 1906.

A Monsieur Jules-Pierre-César JANSSEN

Directeur de l'Observatoire de Meudon
Commandeur de la Légion d'Honneur, Membre de l'Académie des Sciences

Hommage de profonde reconnaissance

Vte DE G.

Ces pages sont le fruit de longues recherches, entreprises il y a déjà plusieurs années; aussi, lorsqu'il me fut gracieusement demandé de les lire lors d'une réunion des dames composant la Société des Arts décoratifs, je pus fort aisément les compléter, grâce aux facilités de recherches sur place qui me furent accordées par MM. Janssen et Deslandres, de l'Observatoire, ainsi que par MM. Marbeau et Dareste, maire et adjoint de Meudon.

Qu'il me soit permis de leur exprimer ma vive gratitude, ainsi qu'à MM. de Nolhac, Bernard et Grossœuvre, lesquels, à Versailles, ont encouragé mes travaux.

A Bellevue, je remercierai MM. Pierre-Amédée Pichot, le comte Delaborde; et à Meudon, M. Simmen. Ce dernier avait bien voulu me confier les admirables collections recueillies par son regretté père, dont je m'honorais d'être l'ami. M. Henri Bieuville, maître clerc en l'étude de M. Pierre, notaire à Meudon, nous a communiqué de fort intéressants portraits des anciens seigneurs. Les propriétaires des maisons historiques, M. Valenciennes, M. le baron de Blonay, Madame Lefort, M. Monnier, M. Perrenoud m'ont laissé fouiller leurs titres ou permis de visiter leurs demeures. Tous n'ont pas eu cette gracieuseté, car je pourrais citer telle personne qui, à une lettre courtoise de ma part, fit répondre par son notaire, ne daignant le faire elle-même, qu'elle n'agréait ni mon entrée dans son jardin, ni la reproduction de sa maison, pleine pourtant de touchants souvenirs.

A M. Fernand Jousselin, je dois la communication de précieux documents du temps de la Renaissance, des vers de Colletet et de ceux de Loret.

Que dirai-je de M. Lebret, le sympathique et éminent architecte qui a bien voulu dresser pour moi le remarquable plan joint à ces pages et expliquant de façon fort claire la position respective des deux châteaux? Lorsque sera exposée prochainement l'œuvre importante et admirablement documentée qu'il prépare en ce moment, mes lecteurs, ainsi que tous les amis de Meudon, comprendront aisément la profonde reconnaissance que je lui ai vouée.

Merci à tous, mais merci, surtout, à mon zélé et dévoué collaborateur, M. Leroy, qui n'a épargné aucune peine, aucune démarche, pour la partie artistique, afin de mener à bonne fin notre œuvre commune.

Vte DE G.

Mesdames,
Messieurs,

Si vous le voulez bien, des deux châteaux que nous nous proposons d'étudier, nous commencerons par celui qui fut construit le dernier : Bellevue!

Bellevue! Un caprice de Marquise, mais d'une Marquise qui disait : « *Pendant mon règne!* » Voltaire écrivait : « *Elle était des nôtres* », et il avait raison, car madame de Pompadour protégeait les poètes et les artistes.

Bellevue : Une maison de plaisance, plutôt qu'un château, un palais mignon, bâti en deux ans et qui n'en dura pas cinquante, un musée où tout ce que l'art français du dix-huitième siècle offrait de plus délicat, de plus gracieux, de plus élégant, se trouvait réuni : peintures de Vanloo, de Boucher, d'Oudry, de Pierre et de Vernet, sculptures de Pigalle, d'Adam, meubles de Boulle et de Migeon. Tel fut Bellevue.

La Marquise ne se plaisait plus à la Celle, malgré le voisinage de Versailles, elle se souhaitait un domaine entièrement créé par elle et chercha à réaliser ce vœu dans un lieu où elle avait passé une fois et où elle avait été frappée de la beauté du point de vue et du charme des coteaux, qui semblaient former une terrasse naturelle, en dominant les gracieux méandres de la Seine et ses îles, alors couvertes de verdure. De là, suivant un auteur contemporain, on voyait les avenues de Meudon, les belles maisons qui bordaient la rivière, et, dans l'éloignement, Paris. Au midi, c'étaient les ombrages de la forêt ; au couchant, dominés par le calvaire du Mont-Valérien, et prolongés par le bois de Boulogne, le parc et le palais de Saint-Cloud, appartenant au duc d'Orléans et alors dans toute leur splendeur ; le paysage était égayé par les bateaux navi-

guant sur la Seine et les voitures roulant sur le pont de Sèvres, alors en bois, et qui, se trouvant plus en amont qu'aujourd'hui, posait ses piliers sur l'île, portant depuis lors le nom de son propriétaire, le muni-tionnaire Séguin, lequel y avait une petite villa.

Donc, le 7 mars 1748, la marquise ayant cédé au Roi six maisons qu'elle possédait à Compiègne, reçut en échange des terrains à la garenne de Sèvres. Malheureusement, le sol en était ingrat, aride, mon-tagneux, et, par conséquent, peu susceptible d'embellissements. Malgré tout, madame de Pompadour communiqua son plan à deux architectes de talent, de Lisle et Lassurance ; elle se rendit, un jour, à l'endroit où elle voulait faire bâtir, on lui prépara un trône rustique de gazon, et elle exposa ses idées sur la position des bâtiments et l'ordonnance des jardins. Le premier piquet, pour le remuage des terres, fut planté le 30 juin.

Le plan plut tellement à Louis XV qu'il voulut surveiller lui-même les travaux : il se faisait apporter à manger au milieu des ouvriers et il cou-chait parfois dans une petite maison, située au bas du parc, sur la route, qu'on nommait *Brimborion*.

Cette petite maison n'est célèbre que par ce qui s'y passa en septembre 1755, où eurent lieu des conférences entre madame de Pompadour et les comtes de Bernis et de Stahrenberg. On prit, d'abord, rendez-vous pour le 3 ; chacun devait y arriver par des chemins différents, après avoir renvoyé à quelque distance, gens et voitures. A la suite de cet entretien, le principe de l'alliance avec l'Autriche fut adopté. Les traités ainsi préparés, le 1er mai 1756, les trois plénipotentiaires y apposèrent leur signature, au château de Jouy-en-Josas, appartenant à Rouillé, qui avait tenu à choisir ce lieu pour la réunion définitive. Selon M. Frédéric Masson, éditeur des mémoires de Bernis, ce joli palais, dont il existe une gravure par J.-B. Rigaud, n'avait que cinq croisées de façade et donnait directement sur le chemin de halage. Il était relié au château de Bellevue par des allées tournantes.

Brimborion servit longtemps de demeure au chanteur Tamburini, puis au général tunisien Nissim Samama. Je le crois aujourd'hui la propriété de M. Groult, le collectionneur. Près de là se trouve une verrerie fondée en 1725 et dont le marquis de Marigny fut un instant le propriétaire.

Il ne faut pas confondre ce pavillon avec un autre, bâti sur Sèvres, dont il domine le pont, et qui a joué un grand rôle, durant les sièges de 1870-71. Ce dernier appartint successivement au duc de Chaulnes en 1750 ; à la marquise de Coislin, qui y construisit un pavillon dans le genre de Bagatelle ; à M. Pujol, beau-père d'Horace Vernet ; à M. de Villamil ; à M. Oppenheim. M. Darcy en est le propriétaire actuel.

Entre les deux immeubles, et aussi sur Sèvres, signalons un superbe logis, qui fut récemment à M. Péligot, membre de l'Institut. En 1765, je le vois habité par Claude Chevalier, médecin du Roi et des Cent Suisses.

A Bellevue, tout n'alla, d'abord, pas sans difficultés. L'argent manquait, puis il fallut établir des fondations à plus de cent pieds, sur pilotis. L'écroulement d'un des côtés de la nouvelle construction remit tout en question, mais on y installa huit cents ouvriers, et enfin l'inauguration eut lieu le 25 novembre 1750. Lassurance reçut, à cette occasion, le cordon de Saint-Michel, et les comptes se soldèrent par 2.256.927 livres, et non par sept ou huit millions, comme le prétendirent des contemporains malintentionnés.

Le premier *voyage* du Roi fut malencontreux. On s'y était rendu en habit uniforme de velours pourpre, dont l'effet fut mauvais ; les cheminées fumèrent si fort qu'on dut descendre souper à Brimborion. C'est à cette occasion que les invités de la favorite purent admirer un parterre de fleurs odorantes, toutes en porcelaine de Vincennes.

M. de Nolhac a bien voulu me communiquer la lettre de M. Poisson, père de madame de Pompadour, à son fils, le marquis de Marigny, racontant en ces termes l'inauguration du nouveau château : « *A Versailles, le dimanche au soir, 29 décembre 1750. — Ce fut mercredi dernier, 25 du mois, pour la première fois qu'on fut occuper Bellevue. La cour y resta jusqu'au 27, elle y retourne le mardi matin, 1er décembre, jusqu'au 4.*

« *Votre sœur a eu, hier, une prodigieuse migraine : je n'en suis point étonné, car elle s'excède à meubler et à préparer tout ce qu'il faut à Bellevue. Cependant, elle a été, aujourd'hui, à la messe, et je l'ai trouvée mieux.* »

Louis XV venait à Bellevue chaque semaine : là, pas de service, pas de famille royale, peu d'étiquette, de rares invités et, chose inappréciable, beaucoup de liberté ! Durant la journée, le Roi chassait dans les bois avoisinants ; à la nuit il jouait, soupait, assistait à la comédie. C'est, en effet, sur le théâtre de Bellevue qu'on donna l'*Homme de fortune*, par La Chaussée, puis un ballet allégorique, l'*Amour architecte* ; une autre fois, la *Mère coquette* par Quinault, puis les *Trois cousines* de Dancourt, et, enfin, *Monsieur de Pourceaugnac*. Le 5 mai 1751, pour la visite du duc de Deux-Ponts, on représente *Zelika, ou le préjugé à la mode*. En mars 1753, *Zélidor, roi des Sylphes*, paroles de Moncrift, musique de Rebell et Francœur, et, enfin, le *Devin du village*, de J.-J. Rousseau. Dans cette dernière pièce, madame de Pompadour tint le rôle de Colin.

D'autres soirs, on tira des feux d'artifice, auxquels il fallut bientôt renoncer car on les voyait de Paris, et ils excitaient la verve des pamphlétaires, gens avec lesquels il faut toujours compter.

La marquise aimait fort à s'occuper de mariages ; elle en fit plusieurs à Bellevue, entre autres, en 1751, celui de M. de Romanet, neveu de madame d'Estrades, avec mademoiselle de Choiseul, nièce du futur ministre. Cette jeune femme essaya, par la suite, de supplanter sa protectrice dans le cœur du Roi, mais, au dire d'un contemporain, se rendit trop tôt et ne put s'y maintenir.

Le comte de Cambis épousa ici mademoiselle d'Alsace en 1752, et en 1756, François de Monteynard y prenait pour femme Marie-Louise de Baschy.

L'union la plus importante aux yeux de la marquise échoua, cependant piteusement pour son orgueil. Ce fut celle de sa fille avec le fils que le Roi avait eu de madame de Vintimille. Cet enfant vint à Bellevue, goûta chez le suisse et rencontra, comme par hasard, à la figuerie, mademoiselle Lenormand. Louis XV ne l'ayant pas trouvé bon, l'entrevue n'eut pas de suites et Alexandrine mourut, le 15 juin 1754, âgée de onze ans et demi, au couvent de l'Assomption, à Paris. Au moment de cette mort, on préparait une fête à Bellevue pour trois mariages, celui des deux autres filles de M. de Baschy dont l'aînée, âgée de treize ans, épousait M. de Lussac, et la cadette, qui en avait douze, s'alliait à M. d'Avaray. Le troisième mariage était celui de mademoiselle de Quitry avec M. d'Amblimont.

Les demoiselles de Baschy étaient, on le sait, des nièces de la marquise. Le mariage, renvoyé à dix jours, fut célébré à Versailles, madame d'Estrades remplaçant madame de Pompadour. Toute la noce, au sortir de l'Église, s'en vint à Bellevue, où la châtelaine, faisant trève à sa douleur, donna à dîner à ces petites mariées.

C'est à Bellevue que Louis XV signa un des actes les plus justes de son règne, celui qui faisait de la noblesse la récompense du courage militaire.

Madame de Pompadour ne tarda pas à se lasser de Bellevue, et, le 27 juin 1757, elle le vendit au Roi moyennant 325.000 livres. La distribution en fut alors modifiée ; la fameuse salle de spectacle, supprimée, fut apportée à Paris, aux Menus-Plaisirs : deux ailes furent ajoutées en 1757. Plus tard, il fut question de donner Bellevue à madame Dubarry.

Louis XVI recueillit le château dans la succession de son grand-père et le céda, en 1775, moyennant 750.000 livres à ses tantes *Mesdames de France*, filles de Louis XV.

Marie-Antoinette, dans sa correspondance, peint ainsi le caractère des trois sœurs : « *Ma tante Adélaïde m'intimide un peu ; heureusement, je suis favorite de ma tante Victoire, qui est plus simple. Pour la tante Sophie, c'est au fond, j'en suis sûre, une âme d'élite, mais elle a toujours l'air de tomber des nues...* »... et plus tard : « *J'ai travaillé auprès du Roi, pour assurer aux trois sœurs une maison au lieu de la boîte exiguë où elles vivaient : je n'ai pas la certitude qu'on m'en ait su gré.* »

Madame Sophie mourut à Bellevue le 3 mars 1783. Ses sœurs continuèrent à habiter le château, où elles tenaient une véritable Cour. Elles augmentèrent beaucoup le parc, au moyen des communaux de Meudon dont elles s'emparèrent, et y créèrent un jardin botanique. Les princesses s'amusaient à construire des maisonnettes qui existent encore et qui ont conservé leurs noms, de la Grange, de la Sablonnière. La tour de Marlborough, bâtie par elles, se voit encore rue des Bois, dans le parc de M. Valenciennes, après avoir appartenu à M. Odier, au général Cavaignac et au prince Napoléon, avant qu'en 1860, il devint usufruitier de Meudon. Sur les limites de Sèvres se trouve la maison du Cerf, ou la ferme, et de l'autre côté de la rue, la demeure du jardinier de Mesdames, aujourd'hui à M. Pierre-Amédée Pichot.

En ce temps-là, la mode était aux bergeries, on suivait les exemples

de Trianon et l'on
allait traire les va-
ches, boire du lait
chaud, et manger
des œufs frais dans
d'élégantes chau-
mières.

Le parc, très
étendu, subissait
de continuelles
transformations.
On ne voulait plus
de lignes droites,
on essayait des
courbes capricieu-
ses et des pers-
pectives pittores-
ques. Le 18 mai
1785, madame Élisabeth écrivait à son amie, madame de Bombelles :
« *Je vais à Bellevue ce matin, j'ai besoin de voir un jardin anglais,*

*j'y vais pour
cela.* »

M. de Nol-
hac, en un
de ses excel-
lents ouvra-
ges, nous ra-
conte que le
duc et la du-
chesse de Sa-
xe-Teschen,
celle-ci sœur
de Marie-An-
toinette, se
firent con-
duire en 1786 chez Mesdames, et dinèrent à Bellevue. Louis XVI nous
relate, dans son livre rouge, combien de fois il y vint : en 1785, il y

amena le Roi de Suède. Du reste, pendant le règne de l'infortuné monarque, il ne s'y est rien passé de saillant.

Mais si tranquille que fût cette retraite, elle était trop près de Paris et

de Versailles pour que les troubles de la Révolution n'arrivassent pas jusqu'à elle. Au commencement de 1791, Mesdames, effrayées, et pressentant l'orage qui allait fondre sur la famille royale, obtinrent du Roi la permission de quitter la France. Les femmes de la Halle, informées de ce projet, se rendirent à Bellevue, et les supplièrent de rester, mais les tantes du Roi partirent dans la nuit du 19 au 20 février, se servant de la voiture d'une personne leur étant venue rendre visite. Elles trouvèrent sur la route de Fontainebleau des chaises de poste préparées. Une lettre de madame Élisabeth à madame de Raigecourt, en date du 24 février, donne de brefs détails sur cette fuite : *« Mes tantes sont parties samedi un peu précipitamment. J'espère qu'elles sortiront aujourd'hui de France aussi paisiblement que possible... j'apprends dans l'instant, qu'elles sont arrêtées à Arnay-le-Duc, parce qu'elles ne sont pas munies d'un passeport de l'Assemblée. Quelle liberté que celle-là! On les garde, pourtant, le plus poliment du monde. »*

Bientôt arrivèrent les ordres précis du Roi et de l'Assemblée nationale. Mesdames purent continuer leur route et franchir

VÜE. DU CHATEAU DE BELLE-VÜE PRISE DU CÔTÉ DE LA COUR.

Presentée à Madame la Marquise. de Pompadour.

la frontière. Elles se rendirent d'abord à Rome, puis à Naples, l'invasion française les chassa d'Italie, elles s'embarquèrent pour Corfou, puis passèrent à Trieste où madame Victoire mourut le 9 juin 1799. Madame Adélaïde ne lui survécut que neuf mois.

L'annonce du départ de Mesdames avait fort ému la population parisienne. Des détachements des clubs se précipitèrent pour s'opposer au moins à l'enlèvement des bagages; le général Berthier, commandant la garde nationale de Versailles, d'accord avec la municipalité, essaya de leur faire respecter le château, mais ne put les empêcher de visiter les caves. Quelques tricoteuses même se vautrèrent dans le lit des princesses.

Le 5 mai 1791, sur le rapport de Couthon, la Convention décréta que « *les jardins et maison de Bellevue... ne seront pas vendus, mais entretenus aux frais de la Nation pour servir aux jouissances du peuple et former des établissements utiles à l'agriculture et aux arts.* »

Dans le plan de Couthon, on devait établir là une école de peinture : le château devint une caserne.

Voici ce que nous disent à ce sujet les frères de Goncourt, dans leur histoire de la société française au temps du Directoire : « *Lorsque deux perruquiers se disputaient les murs nus de Meudon, Bellevue, cette terrasse du boudoir de madame de Pompadour, où Coustou, Falconnet, Adam l'aîné, Lagrenée, Doyen, Fragonard, Boucher, avaient travaillé de tout leur talent, Bellevue est une caserne. De la statue en pied de Louis XV par Pigalle, élevée dans la grande allée, on n'a sauvé que la balustrade. Les ciselures, les sculptures, les groupes d'enfants dorés qui jouaient dans les bassins, les peintures, brisés, dispersés, effacés. Le salon seul a été conservé, un chef de bataillon y tient la Chambre du Conseil.* » C'était le fameux salon de Mesdames, dont les dimensions (quarante-trois pieds sur vingt-huit) nécessitaient deux cheminées et ses meubles, en gourgouran bleu céleste, avaient des agréments, des franges et des glands de soie blanche.

Malgré le décret qui en prescrivait la conservation, Bellevue fut vendu à M. Tastut (gardons le nom de ce démolisseur), nous ignorons pour

2

combien, le 26 prairial an V. L'acquéreur fit abattre le château, mais sans toucher aux deux ailes qui formaient la cour. Sous l'Empire et au commencement de la Restauration, tout était dans un état de dégradation déplorable. En mars 1819, le domaine fut acquis 240.000 francs par Charles-Honoré Dupuis, qui le rétrocéda le 20 juillet suivant à M. Achille Guillaume, moyennant 315.000 francs. Ce dernier divisa le parc en un grand nombre de lots qu'il revendit peu à peu, et l'affaire fut loin d'être brillante pour lui.

On ne trouve plus, maintenant, que trois des quatre pavillons qui servaient d'entrée au château, la terrasse, l'emplacement des jardins et trois corps de logis appartenant à des particuliers.

Bellevue où tout était si joli, Bellevue n'existe plus !

Après avoir étudié Bellevue, nous allons remonter vers Meudon, autrement intéressant. En passant, nous voyons le pavillon de Bellevue, où l'on mange si bien, et sa jolie fontaine ; les glacières de madame de Pompadour sur le chemin du funiculaire ; la villa des Souvenirs, et nous traversons le chemin de fer.

Laissant à notre gauche une affreuse église moderne, nous arrivons à l'hôtellerie du Bon Coin. Là, nous coupons le pavé des Gardes, qui jadis conduisait du Luxembourg à Versailles par Vaugirard, le Bas-Meudon, Montalais, Chaville, Viroflay, Porchefontaine et le Petit-Montreuil, et qui existait déjà au temps de Saint-Louis. C'est par ici que Louis XIII allait chasser et que le cardinal de Richelieu le rejoignit à Versailles, lors de la Journée des Dupes, le 11 novembre 1630.

Cette route fut négligée sous Louis XIV quand on établit le pont de Sèvres ; cependant, en 1759, Louis XV la fit réparer pour venir à Bellevue.

A la descente de Montalais, on remarque, au bord de la voie, la chapelle des Flammes, à l'endroit où se produisit, le 8 mai 1842, une lamentable catastrophe. La plupart des blessés furent transportés au château de Meudon et le célèbre navigateur Dumont d'Urville, qui avait, sa vie durant, échappé à tant de dangers, vint finir ici misérablement ses jours.

Plus bas s'élevait une magnifique propriété, aujourd'hui très morcelée.

Elle avait appartenu à Mlle Lange, actrice du Théâtre-Français, assez belle pour avoir pu représenter la statue de Pygmalion. Elle passa ensuite au prince de Talleyrand et au duc de Bassano, qui y reçut l'Empereur. C'est

dans cette propriété, rendez-vous des libéraux, que Benjamin Constant s'était luxé le genou, ce qui l'obligea de porter une béquille jusqu'à la fin de ses jours. La propriété fut acquise par Eugène Scribe qui avait mis sur sa porte, en guise d'armoiries, une plume avec cette devise : *Indè fortuna*. Scribe vendit sa maison au maréchal de Saint-Arnaud, dont la veuve l'a longtemps possédée. Elle fut ensuite à Mlle Émilie Ambre, à qui le roi des Pays-Bas l'avait offerte. Cette personne se suicida, du reste, *quand la bise fut venue*.

Plus loin, on remarque la curieuse demeure bâtie par Huvé qui fut maire de Versailles en 1789, et une très intéressante villa, avec un beau parc, appartenant aux révérends Pères Jésuites, et située sur les Moulineaux.

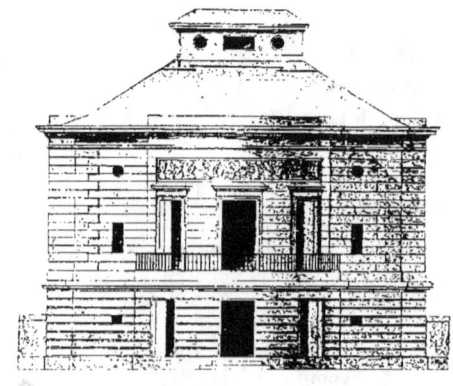

Cette maison venue d'un financier, Sola, compromis dans l'affaire des monnaies avec Desmarets, fut offerte par Louis XIV à Félix de Tassin, son chirurgien, et ensuite au comte de Gramont, l'auteur des Mémoires, qui y tint joyeuse compagnie et y donna des fêtes qui attiraient à Meudon une foule de beaux équipages.

La donation lui aurait été faite alors qu'il était déjà assez âgé et marié depuis longtemps.

La superbe allée de tilleuls qui s'ouvre devant vous, Mesdames, montant au château de Meudon, fut, à l'origine, plantée en ormes par Louvois; elle conduisait le ministre de Louis XIV, soit à Versailles, par les bruyères de Sèvres et Chaville, dont il possédait le château, soit à la Seine et à Paris. Avant lui, on passait par une route au bas des Capucins et qui n'était pas placée dans l'axe de la terrasse du palais, dont elle longe les communs. Au coin de cette dernière et du pavé des Gardes, là où vous

voyez une petite ferme, se trouvaient le relai et l'abreuvoir des chevaux du Roi.

Nous venons de parler des Capucins. Voici l'origine du séjour ici de ces moines. Le cardinal de Lorraine les vit au concile de Trente et les goûta fort. Il en fit venir quelques-uns en France et les établit dans une tour près de sa demeure. Peu après, ces religieux obtinrent quarante arpents du parc et y construisirent un couvent et une église. La vue en était fort belle, les jardins charmants; il y existait même un vivier sur lequel on allait en bateau, et qui se voit encore dans le jardin de M. Odier. Tout cela fut morcelé et divisé en propriétés particulières, par le banquier Perat. Il reste encore de l'ancien temps, non la porte pseudo-gothique moderne d'un parc appartenant à M. Thomas, où se voient les fondations du couvent, et, sur la terrasse, un vieux marronnier d'un effet merveilleux, mais une étrange et très massive construction, dite *le Bastion des Capucins*. C'est là que Henri IV et, plus tard, les Prussiens, lors des sièges de 1589 et de 1870, établirent un observatoire, et que M. Berthelot faisait de la chimie agricole. De la tour carrée,

moderne aussi, qui se voit de partout, on découvre un horizon immense, aussi vaste que celui qu'on peut admirer du sommet de la tour de Croÿ ou tour Biret, à Fontenay-aux-Roses, devant la redoute de Châtillon, non loin d'ici, excursion que je recommande très vivement aux amateurs de beaux points de vue.

En 1603, le maître des novices était l'Éminence grise, le Père Joseph du Tremblay. Les tableaux de l'église des Capucins sont, aujourd'hui, accrochés dans celle de Meudon.

En haut, nous remarquons, à gauche, la maison du docteur Obœuf,

l'un des premiers maires de cette commune, et où a habité le célèbre physicien Biot, puis le potager du Dauphin, créé par le fils de Louis XIV et ayant appartenu à M. de Porto-Riche. Nous observerons, en longeant ce parc, que les arbres de l'avenue ont été coupés et replantés. C'est que là, en 1870, s'élevait une batterie prussienne. Le coteau, en descendant vers la Seine, se nommait *la Bourgogne des Capucins*, et était jadis un vignoble renommé.

Arrivés à la place, devant le château, au pied du monument du Centenaire, œuvre de Courbet, nous sommes à 140 mètres au-dessus du niveau de la mer, l'altitude de la Seine au Bas-Meudon étant de 27 mètres. — La terrasse supérieure du château est à 150 mètres. Aux Cloîtres, ou Plaisirs, on cote 160 mètres. Le Mont-Valérien, que nous voyons dans l'axe de l'avenue, est à 161 mètres, le haut de la tour Berthelot à 170, et Vélisy à 190 mètres.

Ici, quatre routes convergent ; l'une descend à la gare de Meudon-Montparnasse, c'est l'avenue Jacqueminot ; elle rejoint le chemin de Paris par les Moulineaux, l'autre conduit au village (rue Terreneuve) et permet de voir d'en bas la prodigieuse terrasse que nous allons admirer d'en haut. La troisième, que nous avons déjà signalée, mène au pavé des Gardes avec bifurcation sur la forêt et au chemin de Versailles par les Fonceaux. Elle passe devant le chenil et le service des eaux, vieilles constructions fort intéressantes ; par l'allée circulaire, elle rejoint la grande avenue, quatrième rayon de l'Étoile.

A gauche, au coin de l'avenue Jacqueminot, est l'emplacement d'une propriété détruite en 1870. En haut existait en 1777 un tournebride donné au suisse du château, Herlobig. Plus bas, je trouve en 1793, comme propriétaire d'une jolie maison, miss Grace Elliott, amie du duc d'Orléans et auteur de charmants mémoires, où l'on peut lire un saisissant récit du 21 janvier. Là, pendant la tourmente, la délicieuse Anglaise avait caché le marquis de Champcenets, gouverneur des Tuileries et de Meudon ; sous le Consulat, cette propriété fut acquise par M. J.-B.-F. Sené, qui la réunit à celle de Herlobig et la laissa en 1852 à sa fille, qui fut ma mère.

Plus bas, au coin de la grande rue du village, derrière le buste de Rabelais par Truphème, élevé sur l'emplacement de la croix de la Prévôté, s'élevait une maison qui fut celle du Grand Écu et appartenait du temps de ma jeunesse au général Jacqueminot qui a donné son nom à l'avenue. Cette demeure avait été acquise en 1713, moyennant 24.000 livres par une femme connue sous le nom de *dame de volupté* et dont l'histoire est fort singulière.

Jeanne-Baptiste de Luynes naquit à Paris le 18 janvier 1670, de Louis-Charles d'Albert, duc de Luynes et d'Anne de Rohan Montbazon. Elle fut tenue sur les fonts par Jean-Baptiste Colbert, ministre d'État, qui lui donna ses prénoms et par Anne-Marie de Rohan, princesse de Soubise. A treize ans, le 25 octobre 1683, elle épousa un noble Piémontais, le comte de Verrüe, de l'ancienne famille des Scaglia, qui l'emmena à Turin, où elle vécut très adulée à la cour du père de la duchesse de Bourgogne, Victor-Amédée II de Savoie, dont elle eut deux enfants, baptisés en 1695 et légitimés en 1701, un fils mort jeune et une fille, mademoiselle de Suze, qui eut aussi de singulières aventures et se maria au prince de Carignan.

Revenue à Paris, madame de Verrüe s'établit rue du Cherche-Midi, à l'Hôtel de Toulouse, qui fut de nos jours celui des Conseils de guerre. Elle passait ses étés dans sa maison de Meudon augmentée par elle et que par son testament du 20 septembre 1736, elle légua, son fils légitime étant

mort, et les deux filles qu'elle avait eues de son mari s'étant faites religieuses, à son frère Louis - Joseph de Luynes. Ce dernier, après un duel avec le comte de Rantzau, au sujet de madame de Luxembourg, était passé en Bavière, où il prit du service. A la mort de Louis XIV il rentra à Paris, comme prince de Grimberghe et ambassadeur de l'Électeur.

Madame de Verrüe était une collectionneuse célèbre. On voit souvent passer dans les ventes des livres lui ayant appartenu et portant sur le plat le mot de *Meudon*. Elle mourut le 18 novembre 1756.

Dans le parc, morcelé, se voit le buste d'un enfant du pays, le docteur Babie.

Madame de Verrüe possédait, de l'autre côté de la rue, une seconde maison, achetée en 1720 et léguée par elle à Félix-Victoire de Durfort-Duras, épouse de Louis-Marie, duc d'Aumont. Elle fut en 1766 à Louis-Lazare Thiroux d'Arconville, président au Parlement et en 1784 à Louis-Daniel Bourée, baron de Corberon, ministre plénipotentiaire. Elle est aujourd'hui à M. Monnier, banquier, qui l'a acquise de M. Thirouflet.

A côté se trouve le clos de la Seigneurie, qui fut le potager du général Jacqueminot et le très curieux abreuvoir creusé par Louvois.

La place, devant le château, était aux temps passés, d'un accès difficile. Deux jeunes seigneurs hollandais, MM. de Villiers, y vinrent de Paris en 1667, au mois de septembre, dans un carrosse de louage, qui ne put jamais gravir la côte. Ils ont laissé de leur voyage une curieuse description, publiée, il y a un certain nombre d'années déjà, par M. Prosper Faugère.

A droite, nous remarquerons les écuries du grand Dauphin, qui portent bien le cachet de Mansart, et pouvaient con-  tenir cent cinquante chevaux et des remises pour vingt voitures. En avant, étaient les logements des Gardes Suisses et Françaises. Ce sont les communs, depuis la Révolution.

Nous avons devant nous l'entrée du château, telle qu'elle est reproduite dans d'anciens tableaux, entre autres certaine peinture du château de Wideville, au comte de Galard, près une station du tramway de Versailles à Maule, excursion très recommandée, comme dirait le *Guide Joanne*, lequel, du reste, ne l'indique point.

Pénétrons sur la terrasse, laissant à droite la magnifique porte des écuries qui est du plus pur style de la Renaissance italienne et prenons à gauche; si le temps est beau, nous admirerons un splendide panorama, Paris depuis Saint-Cloud jusqu'à Vincennes, les coteaux de Fleury, les fondations Galliera, Clamart, ses bois, la route de Choisy, le tapis vert, la ferme de Grange Dame Rose et à nos pieds le village, le haras où, avant

1870, sous l'inspiration de Napoléon III, le colonel de Reffye expérimentait des mitrailleuses qui devaient, croyait-on, nous assurer la victoire…et l'étang de Chalais, jadis enclavé dans le parc, auprès duquel furent établis, depuis la guerre, par les colonels Krebs et Renard, des aérostiers qui, au jour du danger, sauront se montrer dignes de leurs aînés de l'armée de Sambre-et-Meuse.

Nous avons rencontré l'accès d'une rampe descendant au village, dite *escalier d'Aristote*, et datant du cardinal de Guise. Ces degrés marquent le point de direction de l'ancien château qui s'étendait perpendiculairement aux murs des terrasses.

Après avoir franchi l'emplacement qu'il occupait, nous nous trouvons dans ce qui fut la seconde cour, au-dessus des orangeries hautes et basses, qui méritent d'être visitées, et nous dominons les parterres du parc.

En nous adossant aux grilles du haut de l'escalier double, nous nous rendons parfaitement compte de la position respective des deux châteaux, qu'on confond si souvent, bien à tort, l'un avec l'autre, celui des Guise, de Servien, de Louvois, du grand Dauphin, détruit en 1803, et qui était dans l'axe de l'avenue et celui bâti par ce dernier prince en 1700, brûlé en 1870, l'observatoire actuel, en un mot, que nous avons à notre gauche.

Le panorama que vous venez de contempler, Mesdames, vous est sans doute familier. Déjà vous vous êtes promenées en haut des *grands murs*, mais combien d'entre vous connaissent-elles l'histoire de ce coin du Parisis?... Fort peu, je le crois ; aussi essayerai-je de combler cette lacune et de faire en sorte qu'après m'avoir lu, on ne dise plus, comme déjà au temps de Saint-Simon : « *Quelle surprise de s'entendre demander qui était ce* « *Monseigneur* » *qu'on a ouï nommer et dire qu'il était mort à Meudon* »,

phrase dont on ne saurait s'étonner, du reste, car le fils de Louis XIV n'a
guère marqué dans l'Histoire, éclipsé qu'il fut par l'éclat des rayons

de la gloire de son
père.

Je vais donc vous
raconter tout spécia-
lement ce que je sais
de l'endroit où nous
sommes, de ce Meu-
don, si charmant en-
core, malgré tant de
dévastations, et qui
était si magnifique
avant 1789.

Aux temps préhistoriques, *Moldun*, la *colline de sable*, était déjà habitée,
ainsi que le prouvent des outils en silex trouvés çà et là, dans la forêt,
entre autres près du Trou aux Loups et de la Pierre aux Moines. De nom-

breux dolmens y sont en-
core en place; un autre,
transporté à l'entrée de
la terrasse, a dû frapper
vos yeux. Ces dolmens
étaient connus de tout
temps, puisqu'en 1703,
l'abbé Jarry traduisant en
vers français la descrip-
tion latine de Meudon,
par l'abbé Boutard, di-
sait :

Le Druide, jadis, d'offrandes les mains pleines,
Le front couronné de verveines
Y rendait hommage à ses Dieux.

C'est, selon moi, une erreur de croire que c'est à Meudon — *Mododu-*
num — que Labienus, lieutenant de César, vainquit Camulogène, chef
gaulois : plaçons plutôt ce fait d'armes à Melun, — *Melodunum* — à cause
des îles et des ponts sur la Seine.

Le Père Anselme nous donne, et j'ai retrouvé, par ailleurs, aux archives nationales, une liste assez longue, ma foi, de Seigneurs du lieu au Moyen-Age.

Leur histoire est peu connue, l'énumération de ces personnages serait fastidieuse. quoique, parmi eux, je remarque Henri de Meudon, grand veneur du Roi, lequel combattit à Bouvines. Je n'ai que peu de détails sur cette famille dont les ar- 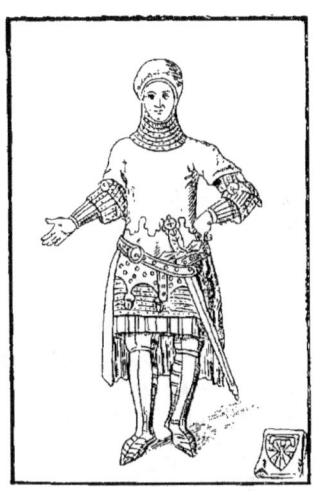 mes figurent, sous une couronne murale, au-dessus de la porte du presbytère; elle me semble avoir habité Saint-Germain-en-Laye, plutôt qu'ici.

Jean de Meudon, frère d'Henri, et cha-noine de Noyon, légua en 1343, aux Char-treux de Paris, son manoir du Val de Meudon. Ces religieux y possédaient aussi le moulin du Rozier.

En 1474 le médecin Germain Colot fit la première opération de la pierre sur un franc-archer de Meudon, qui, condamné à mort pour vol, se prêta volontiers à l'ex-périence : guéri, il fut gracié.

Rien de précis ne nous apparait avant 1415, époque où la plupart des terres de la colline appartenaient à de riches abbayes parisiennes, principalement celle de Saint-Germain-des-Prés, ou relevaient d'elles.

Cette même année, nous voyons un certain Ysbarre acquérir le *Chastel de Meudon*. Lucquois d'origine, changeur et bourgeois de Paris, Ysbarre était en société de monnaies avec un nommé Sanguin, dont nous aurons à reparler. Pendant qu'il était propriétaire ici, les Bourgui-gnons ravagèrent le pays, leur duc prit alors *disner, souper et giste en l'ost près de Meudon*.

Une partie du territoire, dit le fief des Carneaux, appartenait en 1354 à Guy de Goussainville, puis à sa sœur, Agnès, mariée : 1° à Thibaut de Puiseux, 2° à Philippe de Prie, seigneur de Fontenay et de Marcuil, chambellan du Roi de Navarre. Cette dame fut gouvernante des enfants de Charles VI. Son héritier, Jean de Bray, céda les Carneaux avec la haute et basse justice à Philibert de Saux, chanoine de Paris, lequel les revendit peu après à Jean de Saint-Lotain du Voignon, l'un des vingt-quatre physiciens — ainsi se nommaient alors les médecins — du Roi. — Ce dernier les repassa, en 1496, à Guillaume Sanguin acheteur, dès 1430, des biens d'Augustin Ysbarre, récemment décédé. Voilà donc le domaine de Meudon constitué.

Les Sanguin sont une famille parisienne trop intéressante pour que nous les passions sous silence : Jean Sanguin, changeur et orfèvre sur le Grand Pont, avait épousé Phlipote de Rozières, dont il eut Guillaume, l'acquéreur de Meudon. L'un des plus riches citoyens de la capitale, ce dernier fut anobli le 22 décembre 1400, ce qui ne l'empêcha pas de conti-

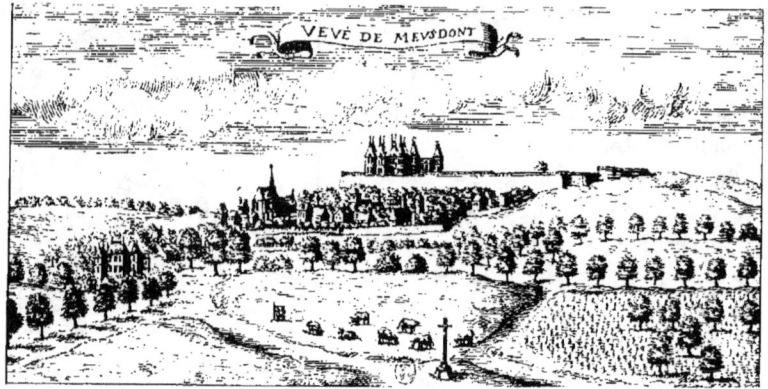

nuer son négoce, et de devenir prévôt des marchands et directeur général des monnaies : il laissa Meudon à son petit-fils, Antoine. Celui-ci eut de Marie Simon, fille du seigneur de Marquemont, entre autres enfants : 1° Jean, propriétaire de Meudon après son père, maître d'hôtel du Roi, lieutenant au gouvernement de Paris, il mourut en 1539 n'ayant pas eu de postérité de Marguerite de Sains, sa femme : 2° Antoine qui était d'église et 3° Anne, mariée à Guillaume de Pisseleu, seigneur d'Heilly. Qu'on veuille bien retenir ce nom.

En 1517, Jean céda sa terre à Antoine, son frère. Ce dernier, successivement évêque d'Orléans, grand aumônier de France, évêque et gouverneur de Paris, est connu sous le nom de *Cardinal de Meudon*. Il fit démolir la demeure d'Ysbarre et commencer le premier château et, les deux dates de 1539 et 1540 qu'au temps de Louvois on voyait encore gravées au bas d'une des tourelles, donnent bien la date de la construction première, date confirmée par Pierre Frizon dans sa *Gallia purpurata* et par Martin Zeiler dans sa *Topografia*.

Je me répète pour bien préciser : ce château se trouvait aux deux tiers de la terrasse actuelle dans une direction perpendiculaire aux grands murs, à peu près où est l'escalier d'Aristote, sur une colline. Il était séparé de la grille d'entrée que nous venons de franchir, par un ravin, prolongement de la rue Royale (aujourd'hui Gambetta), se butant maintenant au pied de ce même grand mur. Le ravin en question, comme nous le verrons en son temps, fut comblé par Servien, quand il aplanit le haut de la montagne.

L'architecte de ce château ne fut pas Philibert Delorme, comme quelques-uns l'ont prétendu ; il n'en est pas fait mention dans son *Mémoire*, le Primatice non plus, car il ne fut guère employé que par les Guise et seulement à la Grotte, dont nous aurons à reparler. Nous penchons, non pour le Boccador, qui, justement en ce moment, s'occupait de l'Hôtel de Ville de Paris, mais plutôt pour Sebastiano Serlio, peintre, architecte et graveur, né à Bologne en 1475 et mort en 1552 à Fontainebleau, où il

élevait la façade de la cour des Fontaines. La décoration de Meudon était assez dans son goût et le cardinal Sanguin peut avoir employé cet artiste pour faire sa cour au Roi qui le protégeait.

Les contemporains célébrèrent la beauté de cette demeure. Nicolas Boccherinus, entre autres, dans l'oraison funèbre du prélat, compare Meudon à Tivoli, image que plus tard reprendra Labruyère.

Sanguin possédait une nièce, Anne de Pisseleu. Elle avait dix-huit ans et était demoiselle d'honneur de Louise de Savoie, mère de François Ier,

lorsque ce prince, rentrant en France, après le traité de Madrid, la vit à Bayonne et en devint éperduement épris. Il lui sacrifia Diane de Poitiers et elle devint bientôt sa favorite. Le cardinal, avec une facilité de morale, au moins étrange chez un prince de l'Église, lui fit, l'année suivante, donation de Meudon.

En 1537, François Ier mariait sa maîtresse à Jean IV de Brosse, comte de Penthièvre, en faveur de qui le comté d'Étampes fut érigé en duché. La duchesse conserva pendant vingt-deux ans son pouvoir sur l'esprit de son amant; elle protégea, sous le règne du *Père des lettres*, les poètes qui ont attaché à son nom le titre *de la plus belle des savantes, la plus savante des belles.*

Le Roi venait souvent à Meudon et, à en croire cette mauvaise langue de Brantôme, il y passa un carême pendant lequel il esquissa le dessin des jardins.

A l'avènement de Henri II, la duchesse de Valentinois força madame d'Étampes à quitter la Cour. Anne de Pisseleu, après sa disgrâce, se retira à Villemartin et y mourut, en 1576, dans l'exercice de la religion réformée.

Meudon fut cédé par elle, le 15 décembre 1552, à Charles, cardinal de Lorraine. Les historiens de la maison de Guise pensent que cette cession

ne fut pas absolument volontaire et que les acquéreurs abusèrent de la situation pour se faire donner à bon compte une terre qu'ils convoitaient depuis longtemps.

Le nouveau propriétaire, né en 1525, est nommé par Saint-Simon, le Grand, le Pape d'au delà des monts, c'est celui du colloque de Poissy et du Concile de Trente. Comme archevêque de Reims, il avait sacré Henri II, François II et Charles IX. Profond politique, il fut le persécuteur acharné des protestants et s'efforça constamment de neutraliser les mesures du Chancelier de l'Hôpital. Il conçut même, le projet de la Ligue.

Ce prélat aimait le luxe et se trouvait être le plus riche bénéficier de France. Il voulut posséder une demeure princière et fit achever, avec une aveugle somptuosité, par Claude Fouge, le château que madame d'Étampes avait commencé. Non content de cela, il bâtit au sommet de la colline, pour se procurer la vue la plus étendue des environs de Paris, un

villino, comme disent les Romains, nommé : *La grotte*. Les vestiges d'un édifice du même genre existent encore à Saint-Germain-en-Laye, au-dessous du pavillon Henri IV et la nymphée de Wi-

deville rappelle singulièrement, en petit, celle de Meudon.

Cet édifice excita, dès lors, l'admiration générale. Un poète avait fait sur elle ce quatrain :

> *La grotte dont Meudon vante tant la structure,*
> *N'est pas un simple trou creusé dans un rocher,*
> *C'est un petit palais, où l'art de la peinture*
> *Étale abondamment ce qu'il a de plus cher.*

Bouteroue l'a célébré dans son livre intitulé : *Le petit Olympe d'Issy,* dédié à la Royne Marguerite, duchesse de Valois.

> *Mais surtout Meudon se récrée*
> *De voir au plus haut de son front*
> *La grotte jadis consacrée*
> *Aux muses de Henri Second,*
> *Grotte de marbre et de porphyre.*
> . . . .

L'édifice portait en effet sur son fronton : *Quieti et musis Henrici II, Galliae Regis.*

La Boëtie chante les muses de la grotte de Meudon ; L'Hospital, en ses épîtres, célèbre la pureté de l'air qu'on respire au haut de la colline ; Ronsard, lui-même, habitait au château une tour portant son nom, et s'écrie dans une de ses églogues : « *De là tu pourras veoir Paris, la grande Ville.* »

Elle possédait un plafond peint par Niccolo dell Abbate, avec des ornements dus à Damiano dei Barberi et au sculpteur Ponce. Le pavillon d'en bas était décoré par le Rosso. Gabriel Simeoni nous dit y avoir vu des statues antiques. Il y avait aussi, là, un Automne de marbre, de Jacques d'Angoulême, fort prisé des amateurs.

Les voyageurs d'alors, et ils étaient nombreux, dont les relations si intéressantes nous  ont été conservées, en parlent fort au long. Parmi eux, citons Abraham Goelnitz et Arnold Van Büchel. Ce dernier dit même : « *On y a amené de Rome une Europe couchée, de grandeur naturelle, une Diane chasseresse, une Vénus, toutes statues antiques. Des sources invisibles laissent de tous côtés échapper une eau limpide, quelques-unes arrosent d'en haut, comme à l'improviste, les femmes qui sont au-dessous.* »

Il continue en ces termes :

« *Dans le château est une salle merveilleuse, avec des peintures, les plus belles qu'on puisse voir. Elles représentent des personnages au naturel, notamment les différentes ambassades du Cardinal auprès de l'Empereur Charles-Quint, des Souverains-Pontifes Pie V et Grégoire XIII, du Roi catholique, Philippe d'Espagne, etc.; à Venise et aussi son Élévation au Cardinalat, le Sacre de Henri II, les Pères du Concile de Trente, et dans une autre salle des statues en marbre... Je connaissais le goût des Juifs pour les voyages. Eh bien! j'ai lu sur les murs du château de Meudon, écrit au charbon, le nom de Josué Manassès, Hierosolomitanus, suivi de quelques mots en hébreu.* »

Il ne reste de la grotte que la grande terrasse construite en briques rouges avec des rampes, et qui soutient le parterre situé au-devant du château actuel.

Dans le village, le Cardinal fit réparer l'église, dont une fenêtre porte encore à l'extérieur la croix de Lorraine.

En 1556, le duc d'Albe vint passer quelques jours à Meudon, et, l'année d'après, une sédition populaire faillit amener l'incendie du château. Le duc d'Aumale et le cardinal de Lorraine s'y réfugièrent dans la nuit du 11 au 12 janvier 1565.

François de France, duc d'Alençon, prisonnier des Huguenots pendant les troubles, s'échappa de Paris, se cacha à Meudon, où l'attendait son affidé Guittieri, et de là se rendit à Dreux, son apanage.

Le 25 août 1566 fut célébré, dans la chapelle, le mariage de Charles, duc de Mayenne, avec Henriette de Savoie, marquise de Villars, comtesse de Tende, fille unique d'Honorat de Savoie, amiral de France, et de Françoise de Foix. Elle était, alors, veuve de Melchior du Pez de Montpezat. Le Roi et la Reine assistèrent à la noce.

Le 10 novembre 1584, les filles de la Reine, pendant que la peste régnait à la Cour, furent envoyées à Meudon, passer quelques jours.

Le Cardinal était mort à Avignon le 26 décembre 1572, laissant comme légataire universel son neveu, Henri, fils du duc François, tué à Orléans, et d'Anne d'Este, lequel avait épousé Catherine de Clèves, comtesse d'Eu. Celle-ci fut marraine d'une cloche de l'église, brisée en 1870.

Le Balafré, car c'était lui, n'était pas d'humeur paisible ou sédentaire ; il ne résida donc que fort peu à Meudon. Après le drame de Blois, le 23 décembre 1588, la terre passa au fils du mort, Charles, duc de Guise et de Joyeuse, prince de Joinville, comte d'Eu et grand-maître de France, lequel prit, naturellement, parti pour la Ligue.

Lors du siège de Paris, occupé par cette faction, en juillet 1589, Étampes rendu aux deux rois, ceux-ci envoyèrent leur avant-garde ravager les villages de Clamart, Issy et Meudon. Vers la fin de juillet, le roi de Navarre avait établi son quartier général sur ces hauteurs, tandis qu'Henri III se cantonnait à Saint-Cloud. Aussitôt après l'attentat de Jacques Clément, le médecin Orthoman fit chercher celui qui allait devenir Henri IV. Accompagné de vingt-cinq gentilshommes, ce prince accourut à toute bride auprès du blessé. Sully nous raconte que lui, personnellement, était logé chez un nommé Sauvat. C'est donc à Meudon que commença la monarchie des Bourbons, comme elle y finira, le 5 octobre 1789.

Le duc Charles avait, pendant ce temps, été enfermé au château de

Tours; il s'en évada en 1591 et se reconnut sujet de Henri IV en 1594.

En 1605, Meudon vit le mariage de Louise-Marguerite de Lorraine, fille du Balafré et d'Éléonore de Roye, sa première femme, avec le prince de Condé, et en 1611 celui du possesseur du château avec Henriette-Catherine, duchesse de Joyeuse, comtesse du Bouchage, veuve d'Henri de Bourbon, duc de Montpensier, et fille du fameux Henri de Joyeuse, comte du Bouchage, pair et maréchal de France, qui se fit capucin sous le nom de Frère Ange, et de Catherine de Nogaret de La Valette; elle passait pour le plus riche parti de France. Le cardinal de Joyeuse officia dans cette dernière cérémonie.

Le duc de Guise, amiral des mers du Levant, eut, avec le cardinal de Richelieu, les démêlés les plus fâcheux, à la suite desquels il dut se retirer en Italie : il mourut à Cuna, près de Sienne, en 1640. Son fils, Henri, né en 1614, devint alors possesseur de Meudon ; il avait, d'abord, été d'Église, et archevêque de Reims à seize ans. Il redevint laïque à la mort de son aîné, François, et se maria. Sans enfant de sa première femme, Anne de Gonzague, il épousa à Bruxelles la veuve du comte de Bossut. Il voulut encore quitter cette dernière pour Mlle de Pons, mais ne put arriver à ses fins.

Gaston d'Orléans, frère de Louis XIII, s'était allié, en 1626, à Mlle de Montpensier, dont il eut la *grande Mademoiselle*. Il resta marié à peine un an, et, le 3 avril 1631, prit pour seconde femme Marguerite de Lorraine, cousine des châtelains de Meudon. Cette princesse était restée chez son frère, après avoir épousé *Monsieur* parce que Louis XIII n'avait pas voulu reconnaître son union. Instruite de la mort du roi, elle vint à Meudon, où l'amena *Mademoiselle* qui se rendit au devant d'elle jusqu'à Gonesse ; c'est ici qu'elle séjourna, en attendant que son équipage de deuil fût prêt, et que l'archevêque de Paris, Jean-François de Gondi donna aux époux une nouvelle bénédiction nuptiale, le 26 mars 1643. En 1648 et en 1649, *Monsieur et Madame* séjournèrent encore à Meudon.

Sous la Fronde, au siège de Paris par l'armée royale, des troupes polonaises et allemandes occupèrent le château et y causèrent d'infinis dégâts.

Les ornements de la grotte furent brisés ; les meubles précieux, les statues antiques détruits ; les portes, les fenêtres, les boiseries enlevées, ainsi que les plombs de la couverture ; les planchers, ruinés à cause des chevaux qu'on avait mis jusque dans les chambres hautes du château, et les bestiaux que les paysans y avaient entassés. Une maison que Guénégaud avait par ici eut aussi beaucoup à souffrir.

On connait le mot de Tallemant sur le duc de Guise : « *Il a du jugement, de la générosité, du cœur et est fort civil. C'est dommage qu'il est fou.* » Une de ses folies était de croire que les Napolitains le voulaient pour roi. Il partit à la conquête de son royaume dont il revint piteusement pour être fait grand chambellan. Il s'endetta si cruellement que, afin de sauver la situation, on mit Meudon en vente.

Qu'il nous soit permis d'interrompre un instant l'histoire du château pour dire, en passant, qu'Ambroise Paré, le célèbre chirurgien, que le Balafré avait vu à l'œuvre à Saint-Quentin, possédait une maison rue des Pierres (vers le n° 7, estimons-nous).

N'oublions pas non plus le fameux curé, François Rabelais : ce dernier, nommé par le cardinal du Bellay, fut reçu le 15 janvier 1550 par l'évêque de Trêves, Jean des Ursins, entre les mains duquel Richard Berthe, le dernier titulaire, avait librement résigné ses fonctions. Rabelais ne dut pas résider à Meudon, mais se contenter de toucher les bénéfices de sa cure, car on sait que lors d'une visite faite en 1551, l'archevêque ne

trouva pas le pasteur et rencontra seulement le vicaire avec quatre autres prêtres. Les précieux registres de l'état-civil de Meudon ne nous ont fait découvrir aucun acte où figure soit le nom, soit la signature de l'immortel auteur de *Pantagruel*.

A l'église, je ne vois pas non plus trace du joyeux curé, ce temple ne renfermant, en fait d'anciens souvenirs, qu'une chapelle portant à la clef de voûte les armes de la famille de Coynart qui possédait par là un petit fief nommé Aubervilliers, et un tableau, fort curieux, du reste, représentant l'abjuration de Henri IV et dont nous n'avons pu identifier l'auteur. Il y a aussi un très ancien crucifiement. Malgré tout, cet endroit-ci était, au temps de Rabelais, un but de promenade pour les Parisiens, suivant ce dicton, qu'on répétait encore au dix-huitième siècle : « *Allons à Meudon, nous y verrons le chasteau, les grottes et M. le Curé.* »

Longtemps après sa mort, on a vu sur la porte du presbytère ces deux lignes qui font allusion aux différents états qu'il a exercés durant sa vie :

Cordiger, hinc medicus tùm pastor et intus obivi
si nomen quæris, te mea scripta docent.

Guillin était ménétrier de Meudon au temps de Rabelais : Béranger lui consacra ces vers :

> *Un jour, sous sa fenêtre*
> *Passe un enterrement.*
> *Le cortège et le prêtre*
> *Entendent l'instrument.*
> *Ils sautent : la prière*
> *Cède aux joyeux accords*
> *Et jusqu'au cimetière*
> *On danse autour du corps.*

Après les Guise, la noble demeure ne pouvait tomber en de meilleures mains que celles du comte Abel Servien ; né en 1593, il fut successivement procureur gé-

néral au parlement de Grenoble, conseiller d'État, intendant de Justice en Guyenne, président au parlement de Bordeaux, secrétaire d'État au département de la Guerre en 1630, négociateur de la paix de Cherasco en 1631, et membre de l'Académie française. Mazarin l'envoya à Munster pour la conclusion des traités de Westphalie. Ministre d'État en 1649, Servien se vit, après la mort du duc de la Vieuville, appelé conjointement avec Fouquet à la surintendance des Finances (1654).

Cette même année, il fit l'acquisition de Meudon qu'il augmenta considérablement : il créa la terrasse qui devint ainsi l'avant-cour du château, et sous laquelle on enterra les maisons du haut de la rue Royale, qui se prolongeait entre deux montagnes qu'on nivela.

La rue des Pierres tournait à son extrémité supérieure pour rejoindre
la rue Royale, dont le nom prouve bien qu'elle montait au château, et
longeait deux vieilles maisons, appartenant au Domaine et autrefois, le
gouvernement, la capitainerie, le bailliage.

Tout le bas de l'escalier d'Aristote est fort intéressant à visiter ; c'est là
le vrai *vieux Meudon*. Remarquons, particulièrement, le n° 6 de la rue des

Sablons et ses très curieuses
cours et jardins étagés où dé-
bouche l'entrée d'un souterrain
allant du palais au village.

Non loin de là on peut facilement reconnaître les murs de
soutènement du château de la
duchesse d'Étampes, l'égout qui
emportait les eaux, et l'amorce
de la grande terrasse de Servien.

Cette dernière, de 260 mètres
de long sur 140 de large et
14 de haut, paraît, aujourd'hui
encore, un travail prodigieux.
Nous n'avons pu nous procurer
le compte des sommes qu'on y
a gaspillées, mais elles ont dû être immenses. Un jour, le prince Louis
de Bourbon s'y promenait, et en demanda le prix de revient. Le surintendant, connaissant les murmures du peuple contre cette dépense et
voulant qu'on la crût moindre qu'elle n'était en réalité, dit que cela ne
lui revenait qu'à dix mille écus. « *Vraiement*, répondit le prince, *c'est encore
plus que je ne croyais ! car je pensais que cela ne vous coûtait rien du tout.* »

La division du parc en carrefours date aussi de cette époque.

Servien fit aussi refaire par l'architecte Levau l'extérieur du château et
l'escalier du milieu, qui était de toute beauté ; Blondel, dans son *Cours
d'architecture* (1750), le cite tout au long comme magnifique. Le possesseur de Meudon avait fait construire en Suède par les soins de l'ambassadeur Chanut, une galère qui, amarrée aux Moulineaux, à l'embouchure
du ruisseau d'Artelon, le conduisait doucement au port de l'Arsenal. Le
tout Paris d'alors alla voir cette merveille dont, plus tard, le Roi eût
envie, et Servien en fit hommage à Louis XIV.

Le 1ᵉʳ octobre 1656, Marie-Antoinette Servien, fille du seigneur de
Meudon, épousait, dans la chapelle du château, Maximilien-Pierre-François
de Béthune, marquis de Rosny, fils de Maximilien-François de Béthune,
duc de Sully, noce dont un contemporain, Loret, en sa *Muze historique*, nous
a laissé le charmant récit qu'on ne me reprochera pas de citer en entier :

Mercredi dernier, dans Meudon,
Amour, autrement Cupidon,
L'Invariable Destinée
Et le Dieu qu'on nomme Hyménée
Serrèrent d'un lien heureux
Ce jeune couple d'amoureux,
Pour qui j'avais ouvert ma veine
Dès la penultième semaine.
Sçavoir le marquis de Rosny
Amant de mérite infiny.
Et, de Servien, la noble Infante,
Aimable, mignonne et charmante,
Et laquelle, certainement,
A de l'esprit, infiniment.

Si la chere y fut merveilleuze
Si l'Assemblée y fut nombreuze
Tant au dîner comme au goûter,
C'est dont il ne faut pas douter.
Outre la table principale
Pozée en la plus belle sale
Contenant trente et deux couvers
Et plus de trois cents mets divers
On en dressa grand nombre d'autres
Où quantité de bons apôtres
De joye et de vin transportez
En buvans diverses santez
Et vuidans très bien des bouteilles,
Devindrent gaillards à merveilles

Enfin, très fort l'on banqueta
L'on se promena, l'on chanta
Là parut mainte belle Face
Dans le parc on fit grande chasse,
Où plusieurs cerfs, quoyque légers,
Coururent lors de grands dangers.
On y vid mainte belle dance
Et pour mieux ravir l'assistance

Les grands comédiens du Roy
Récitèrent en bel-aroy
Une pièce excèlente et belle
Mais on ne m'a pas dit la quelle.

Bref, en ce lieu tout alla bien
Car Monseigneur de Servien
Qui sans mentir est magnifique
Presqu'autant que grand politique,
Fit voir là son grand entregent
Aux depens de son bel argent ;
Et l'on dit que jamais journée,
Au mariage destinée.
Ne fit voir, entre deux Soleils,
Tant d'agréables apareils.

Si, j'ûsse eu cheval. ou carosse,
J'aurois vû cette grande nopce.
Et jure par Cupidon
Que j'ûsse été droit à Meudon.

Comme on le voit, on s'amusait fort, à Meudon, du temps du surintendant ! Bois-Robert nous raconte aussi comme on y mangeait bien et Colletet nous narre les plaisantes aventures qui lui advinrent :

Allez, Messieurs, dit-il, allez au chasteau de Medon.
Voir le surintendant, et sa belle maison,
Maison, le vray portraict d'un paradis terrestre
Charme, non de six jours, mais de tout un semestre
De là, vous pourrez voir tout un Paris sans pair
Et tous les environs ravis d'un si bel air.
Monseigneur Servien aura la courtaisie
De laisser vostre esprit gouster cette ambrozie
Un chasteau si charmant, un si charmant palais
Surpassant les plus beaux et les rendant fort lais
Aux mains d'un tel seigneur, et la surintendance
Sont l'applaudissement d'un chacun de la France

Sur la grotte ruinée, il dit :

Superbe ornement de ces bois
Throsne fameux des muzes des Valois
Lieux qui fustes si beaux et qui cessez de l'estre
Colosses abattus, portiques démolis
Que vous estes heureux d'avoir changé de maistre
Puisque par sa bonté vous serez rétablis.

Ce poète a encore écrit : *Le beau Medon rabatu par l'incomparable Fontainebleau.*

Bien autre que Medon, paraît Fontainebleau.

Servien n'aimait pas que la bonne chère, mais aussi la chasse et la galanterie; il [a]vait contracté deux millions de dettes, sa seigneurie lui avait coûté des trésors, et quand il mourut à Meudon, le 17 février 1659, le domaine passa à son fils qui ne l'entretint pas et laissa les bâtiments tomber en ruines.

Le cavalier Bernin vint en France en 1665, on le mena à Meudon, où il se rencontra avec le Nonce : il critiqua l'escalier de Levau et déclara que, de la terrasse, Paris lui faisait l'effet d'un peigne à carder. En revenant, il fit arrêter son carrosse devant le bastion des Capucins.

A cette époque, on extrayait des flancs de la montagne des pierres pour la colonnade du Louvre ; on en a tiré, entre autres, le monolithe qui en forme la cimaise et dont la longueur est de cinquante-quatre pieds. Plus tard, sous Louis XV, l'architecte Gabriel prit à Meudon des moellons pour l'École militaire de Paris. A présent, le sous-sol ne fournit plus guère que du blanc d'Espagne.

Armande Béjard, veuve de Molière, possédait alors dans le village une maison, classée aujourd'hui comme monument historique. Le regretté Auguste Vitu, né lui-même dans cette commune (comme aussi la grande artiste Delna), s'en est beaucoup occupé. Cette maison avait été acquise, le 30 juin 1670, de Claude Laborie. La fille de Molière et d'Armande, Esprit-Madeleine, plus tard femme du sieur de Montalant, et le second mari de sa mère, Armand-François Guérin, ainsi que le fils issu de cette union, Nicolas-Martial Guérin, en restèrent propriétaires jusqu'en 1703, où elle fut vendue à Pierre Poupelin de Launay, secrétaire de M. de Joyeuse, premier valet de chambre du Dauphin. Elle appartient aujourd'hui à la famille Dulaurier.

Le 31 octobre 1679, devant Thibert et Gallois, notaires à Paris, Meudon fut acquis moyennant 400.000 livres par Louvois, de Louis-François Servien, marquis de Sablé, fils du surintendant et d'Augustine Leroux, celle-ci, veuve de Charles Hurault, marquis de Vibraye. Le

vendeur avait vécu pauvre, il devint grand sénéchal d'Anjou, et mourut le 27 juin 1710, ne laissant de Jeanne de la Chauvelière qu'une fille naturelle, mariée en 1703 à François Bellinzani, marquis de Sampuis.

Nous n'avons pas à faire, n'est-ce pas, mesdames, la biographie de François-Michel Letellier, marquis de Louvois, le célèbre ministre de Louis XIV ?

Ses parents, qui habitèrent jadis par ici, au dire de Saint-Simon, avaient déjà Chaville, et quoique l'acquisition de Meudon fût peu du goût du chancelier, Michel Letellier,

qui trouvait que la possession n'en était pas convenable pour son fils, à cause du voisinage de la Cour, le tout puissant secrétaire d'Etat se créa, entre Paris et Versailles, en réunissant les deux terres, un domaine princier que les contemporains nommèrent *la province de Meudon*.

Louvois fit réparer le château, et créa une colonnade qui régnait autour de la cour, ainsi que les bâtiments des cuisines, la première cour des écuries, et le mur orné de gaines d'un fort beau travail, dans le goût de Serlio, qui supporte les jardins hauts. Il sépara le château de la terrasse par un fossé revêtu qu'on ferma par une grille de fer. Ce qu'on retira des fouilles servit à établir un terre-plein. En effet, on voit dans les documents du temps, plans ou estampes, à côté du château vieux, un corps de bâtiments partagé en deux, formant ce qu'on appelait *les Marronniers*. On y communiquait plus tard du premier étage du château neuf par une galerie.

Louvois jeta aussi un pont de communication entre le château et les jardins hauts, suivant le conseil que lui donna Louis XIV, qui vint visiter Meudon et donna des idées au propriétaire pour les embellissements à effectuer : il fit réparer la grotte et les pavillons inachevés qui l'accompagnaient. L'orangerie haute et large, l'avenue qui montait de Chalais à la porte de Trivaux (tapis vert) et celle qui descend vers ce qui est aujourd'hui Bellevue, sont l'œuvre de Louvois. Le Marquis créa aussi les jardins

Vue en perspective du Château de Meudon près Paris

bas du côté de Fleury, restaura les parterres hauts et les *Cloîtres*, dessinés par le cardinal de Lorraine, il augmenta et établit le parc jusqu'aux Capucins, et enfin aménagea de superbes potagers. Il essaya de recueillir des eaux et d'obtenir des fontaines jaillissantes.

Meudon devint bientôt un séjour de prédilection pour le ministre : il s'y rendait toutes les fois qu'il pouvait s'échapper, et y travaillait avec des commis de choix.

Le grand Dauphin, fils de Louis XIV, aimait beaucoup le Marquis, et lui rendit souvent visite. Ce prince témoignait à ses parents la satisfaction qu'il éprouvait de la manière dont il avait été reçu, en sorte que Marie-Thérèse eut envie de voir un château dont Monseigneur lui faisait continuellement la peinture la plus attrayante. La Reine s'y transporta dans les premiers jours de juillet 1685, et Louvois lui offrit à l'occasion de cette visite une fête splendide, longuement racontée par Dangeau et Spanheim, et aussi relatée par le *Mercure* et le Marquis de Sourches.

Labruyère fréquentait chez Louvois et alors qu'il écrit : « *je dînai hier à Tivoli, j'y soupe aujourd'hui* », il entend parler de Meudon. Victor Hugo nous le fait bien comprendre quand, dans les *Voix intérieures*, il s'adresse à Virgile :

Et quand je dis Meudon, supposes Tivoli.

En 1688, les ambassadeurs de Taon-Naria, roi de Siam, vinrent ici, et remarquèrent que la pointe du clocher de la paroisse était au-dessous

du niveau de la terrasse : ils en conclurent logiquement que cette dernière était fort haute.

Louvois fut, douze ans, propriétaire de Meudon. Un jour, sur la fin de sa vie, se promenant avec son architecte, — sans doute Mansart, — pour dresser le plan de quelques édifices nouveaux, celui-ci crut le flatter en exaltant la beauté du lieu, et la satisfaction que le marquis devait éprouver de posséder un aussi beau domaine et d'être le ministre du plus grand Roi du monde, il lui coupa la parole par ces mots : « *Aujourd'hui favori, demain à la Bastille !* »

Prévoyait-il, dès lors, dans quelles conditions de tristesse, causée par l'ingratitude de son maître, il finirait ses jours? On sait que cet homme illustre s'éteignit à Versailles le 16 juillet 1691. La terre échut, dans les partages, à sa veuve, Anne de Souvré. Ne se trouvant pas en état de continuer son train, madame de Louvois consentit la cession de Meudon à Louis XIV qui le destinait à son fils. Les pourparlers nous ont été longuement racontés par Dangeau, l'abbé de Coulanges et Saint-Simon, sans oublier madame de Sévigné.

Louis, dauphin de France, était, nul ne l'ignore, le fils unique de Louis XIV et de Marie-Thérèse. Né à Fontainebleau le 1er novembre 1661, il avait eu Bossuet pour précepteur, et avait épousé en 1680, Marie-Anne-Christine-Victoire-Benedicte de Bavière, morte le 21 avril 1691, lui laissant le duc de Bourgogne (père de Louis XV), le duc d'Anjou, devenu Philippe V, et le duc de Berry, allié à une fille du Régent (Philippe d'Orléans).

Le 16 juin 1694 donc, par devant les notaires Mouffle et Caillet, le grand Dauphin signa l'acte d'acquisition, moyennant la cession de Choisy, qui lui avait été légué par mademoiselle de Montpensier, et un retour de 400.000 livres et non 900.000, comme le dit à tort Saint-Simon.

Aussitôt, le Roi alla visiter sa nouvelle acquisition. Le Nôtre l'accompagnait dans cette course et lui fit admirer les beautés de Meudon. « *Il y a longtemps, Sire, lui dit-il, que je vous souhaitais cette demeure ; je suis content que vous l'avez, mais j'eusse été fâché que vous l'eussiez eue plus tôt, car ils ne vous l'auraient pas faite si belle.* »

Il y a, à Versailles, au rez-de-chaussée, parmi les nouvelles acquisitions, un tableau mis là récemment par M. de Nolhac et qui, représentant le château avec la grotte, donne au mieux l'idée de la splendeur du lieu à l'époque où nous en sommes arrivés de son histoire.

Louis XIV envoya des meubles à Meudon ; des niches à chien de marqueterie, des miroirs sculptés par la Roue, un Saint-Jean et une Vierge de Léonard de Vinci, la Vision de Saint-Augustin, Mars et Vénus de Lanfranc, Acis et Galathée de Ferrier, des animaux de Benedetto, puis des figures de bronze, un Gladiateur qu'on posa au bout de l'allée des Pins, une Atalante et le petit faune de la reine de Suède, fondus par Vinache, la Vénus de Médicis et Adonis, sortis des ateliers des Keller, des vases de ces mêmes artistes, une Cléopâtre de marbre blanc.

On tira aussi de Versailles une sphère de marqueterie de marbres qu'on plaça à un endroit nommé dès lors parterre du Globe. (Cette mappemonde fut détruite à la Révolution pour en arracher des filets de cuivre qui s'y trouvaient).

Des statues, des bustes de bronze, de marbre, d'albâtre, de porphyre, ornèrent les galeries. Les plafonds furent peints par Audran. Coypel exé- cuta une Annonciation célèbre pour la chapelle qu'on construisit alors. Les Gobelins fournirent leurs plus belles tapisseries.

Les jardins furent agrandis et remaniés par Le Nôtre. L'orangerie fut citée pour le nombre et la grosseur de ses arbres.

Vauban fut chargé, comme à Versailles, de capter les eaux, qu'il amena au bassin de Bel-Air, des étangs du Loup-Pendu et de Villacoublay, situés à une lieue de là, et alimentés par vingt-sept mille toises de rigoles.

Monseigneur ne cessa d'embellir son domaine et d'y faire travailler jusqu'à sa mort.

Tout, dans ce palais, devint magnifique. Succursale de Versailles, presque aussi beau que lui, séjour habituel de l'héritier du trône, ayant pour hôtes les princes et les princesses, Meudon traversa alors une pé- riode des plus brillantes.

Le Prince aimait à y vivre; il s'y reposait de l'étiquette de Versailles et de Marly, et mademoiselle Choin, qu'il avait connue alors qu'elle était demoiselle d'honneur de la princesse de Conti, était pour lui une sorte de madame de Maintenon, avec des facultés moins hautes, mais un cœur plus tendre et elle augmentait le charme de sa retraite, car, malgré le voisinage, il se montrait rarement à la Cour.

Le Roi venait voir son fils trois ou quatre fois par an, et demeurait plusieurs jours au château, où madame de Maintenon et lui avaient leurs

VEUE DU CHATEAU DE MEDON
du costé des parterres.

appartements. La liaison du grand Dauphin, régularisée par un mariage
secret, lui était connue et il l'acceptait. Monseigneur, d'ailleurs, recevait
ses enfants et ses sœurs légitimées; il prenait avec eux le café dans le
salon des Marronniers.

Ici donc, mademoiselle Choin tenait des réunions que Saint-Simon
nomme les *Parvulo de Meudon* et les courtisans n'y manquaient pas. On
remarquait qu'elle gardait son fauteuil devant les fils du Prince et qu'elle
prenait, avec la duchesse de Bourgogne, le ton d'une belle-mère, mais
on ne voulait pas voir que ce n'était là qu'une des formes de sa bonté
native.

Mademoiselle Choin était pleine de simplicité. Louis XIV avait fini par
lui proposer de venir à Versailles, mais cette personne modeste refusa
constamment tout ce qui pouvait l'arracher à l'obscurité. Elle ne touchait
que 400 louis en or par quartier: elle n'avait ni maison montée ni
équipage.

A Paris, elle demeurait au Petit-Saint-Antoine, chez Lacroix, rece-
veur général des finances, et, pour se rendre à Meudon, elle prenait un
carrosse de louage; jamais elle ne consentit à accepter les dispositions
par lesquelles Monsei-
gneur, en cas d'acci-
dent, lui assurait une
fortune considérable,
et déchira même le
testament du grand
Dauphin, en disant :
*« Si j'avais le malheur
de vous perdre, mille écus
de rente me suffiraient. »*
Le château qui re-
cevait tant d'hôtes, —

« *ce ne sont que voyages à Meudon* », écrivait Coulanges en 1700. — devint
bientôt trop petit et, à la place de la Grotte, qui menaçait ruine, et qu'on
dut démolir, on bâtit un nouveau palais, sous la direction de Jules-
Hardouin Mansart.

C'est celui-là même dont nous voyons les ruines.

Quand Louis XIV vint visiter ce nouveau château, il le déclara trop
beau pour un financier et mesquin pour un prince.

Bien des événements se sont passés à Meudon ; laissez-nous vous en rappeler quelques-uns parmi ceux que relatent les admirables chroniqueurs du temps.

Le 5 juillet 1697, le marquis de Ferreo, ambassadeur de Gênes, y fut reçu par le Roi. — Le 6 septembre suivant, le prévôt des marchands et les échevins de Paris portèrent à Meudon, selon le testament du duc de la Feuillade, une médaille d'or représentant la statue de la place des Victoires. — C'est ici que Saint-Simon fut, en mai 1698, saisi d'une si belle indignation, en voyant, dans une tapisserie, les comtes d'Harcourt et de Soissons représentés couverts devant le Roi. — Il raconte aussi une scène scandaleuse qui se passa, le 28 juillet de la même année, entre le prince de Conti et le grand Prieur. — Le 5 janvier 1701, Monseigneur y signait au contrat de mariage de Jacques Mansart avec Madeleine Bernard.

Disons encore que c'est sur la terrasse que furent tentées les premières expériences du télégraphe aérien par le physicien Amontons et qu'en janvier 1703, l'Académie des sciences, inscriptions et médailles tint au château sa première séance publique, où on lut la description de la maison royale de Meudon, en vers latins, de l'abbé Boutard, traduite plus tard en vers français par l'abbé Jarry.

Au commencement du mois d'avril 1711, le grand Dauphin tomba malade, et on reconnut bientôt les signes de la petite vérole, qui sévissait alors à l'état épidémique dans les environs de Paris. Le 9, Louis XIV, informé des progrès du mal, se rendit à Meudon, avec la résolution de rester auprès de son fils, mais, en même temps, il fit promettre au duc de Bourgogne, sur qui allait reposer l'espoir de la monarchie, de ne pas y venir, et il dispensa de toute visite les personnes de la Cour qui n'avaient pas eu la terrible maladie. Boudin et Fagon donnaient leurs soins au prince, soins peu éclairés, si ce que raconte Saint-Simon est exact. La duchesse de Berry et la princesse de Conti quittaient à peine le chevet du malade. Le mardi 14, le Roi, frappé de l'altération des traits de son fils, ne put retenir ses larmes en sortant de la chambre qui se trouvait au rez-de-chaussée, dans la partie du vieux château donnant sur la terrasse, du côté du village. .

Les médecins cherchèrent à rassurer leur maître, mais eux-mêmes avaient perdu tout espoir. Il faut lire dans Saint-Simon la curieuse relation des derniers moments du grand Dauphin, l'attitude de Fagon, les allées et venues des courtisans. Madame de Maintenon tâche de pleurer, tandis que Louis XIV est partagé entre la sensibilité et l'égoïsme : tout, jusqu'aux *hurlements* des officiers de sa maison, concourt sous la plume de ce peintre inimitable, à produire un tableau du plus saisissant effet.

Le duc du Maine écrivait, le 24 mai : « *La nuit du mercredi au jeudi, le corps de Monseigneur, sans avoir été ni ouvert ni embaumé, ayant été enseveli par des Sœurs grises, personne autre n'ayant pu en supporter l'odeur, fut emporté sans aucune cérémonie, à Saint-Denis, dans un carrosse escorté seulement par sa Maison et par les gardes du corps, qui servaient, pour lors, auprès de sa personne. Ce furent M. l'Évêque de Metz, premier aumônier, et M. de la Tremoille, premier gentilhomme de la Chambre, qui conduisirent le deuil.* »

Après la mort du grand Dauphin, Marie-Émilie de Choin se retira à Paris et ne s'occupa plus que de bonnes œuvres.

Meudon et Chaville, qui renfermaient pour plus de quinze cent mille livres de meubles, entraient dans la succession du défunt. A la demande de Philippe V, qui, en 1700, était venu ici dire adieu à son père, avant de se rendre en Espagne, les objets les plus précieux prirent le chemin des Pyrénées et se trouvent encore aujourd'hui, paraît-il, au palais royal de Madrid. Le reste fut vendu à l'encan.

Meudon échut alors à l'aîné des fils du défunt. Le duc de Bourgogne ne l'habita que fort peu ; la mort qui frappait, en même temps, les membres de la famille royale l'emporta moins d'un an après son père, le 18 février 1712. La seigneurie passa ensuite au nouveau Dauphin qui, si jeune, allait devenir Louis XV.

En 1717, Pierre le Grand, dans son mémorable voyage en France, vint se promener par ici. Le grave Wasilewski nous raconte, sur la foi d'un manuscrit de la Bibliothèque nationale, mais nous ne le répéterons pas trop haut, à quel usage intime et malpropre avait servi, quelques instants auparavant, le billet de caisse dont le Czar gratifia le concierge qui vint lui ouvrir les appartements.

Le Régent accorda l'usufruit de Meudon à Marie-Louise-Élisabeth d'Orléans, duchesse de Berry, sa fille, qui l'échangea contre son apanage

d'Amboise et s'y établit aussitôt. Née en 1695, cette princesse avait épousé, en 1710, le dernier des fils du grand Dauphin, qu'elle perdit en 1712. Elle mena une vie scandaleuse, du vivant même de son mari ; la duchesse douairière d'Orléans expliquait ainsi ses extravagances : « *Elle a été mal élevée, ayant presque toujours été avec les femmes de chambre ; depuis l'âge de huit ans, on lui avait laissé faire sa volonté ; il n'est donc pas étonnant qu'elle soit comme un cheval fougueux.* »

On connaît ses amours et son mariage secret avec le comte de Riom, cadet de Gascogne, neveu et élève de Lauzun dont elle fit, tout d'abord, un gouverneur de son nouveau domaine.

Au mois de mars 1719, la duchesse relevait à peine de couches laborieuses ; on lui avait préparé un souper en plein air sur une des terrasses du château, elle voulut y assister, malgré le froid qui la faisait grelotter :

ce fut sa dernière folie, elle prit la fièvre et s'alita. On la porta, entre deux matelas, à la Muette. Le 21 juillet, elle s'y éteignit ; elle n'avait pas vingt-quatre ans.

En juin 1723, le Roi vint à Meudon et y passa une grande revue de sa maison. Le cardinal Dubois tint, malgré l'avis de la Faculté, à y paraître, afin de jouir des honneurs militaires dus à un premier ministre. Les mouvements du cheval augmen-tèrent singulièrement sa maladie, qui l'emporta en août suivant.

Au mois de septembre 1726, Meudon fut réuni au domaine de la Couronne. C'est alors que le parc fut ramené à ses dimensions actuelles, et on peut remarquer que les allées de la forêt sont le prolongement de celles de l'enclos d'aujourd'hui.

La grande rue du village, qui se terminait en cul-de-sac, fut prolongée jusqu'à Chalais ; on voit encore les piliers de la porte du Domaine au bout de la rue de la République.

En 1734 et 1735, le Dauphin, fils de Louis XV, passa quelque temps au château, et y reçut le comte Ozarowski, ambassadeur de Pologne. Le 3 septembre de la dernière année, on donna, avec illuminations et feux d'artifice, pour le divertissement du jeune prince, des fêtes dont la gravure nous a conservé le souvenir.

Stanislas Leczinski, roi de Pologne, chassé de son trône, y logea en 1736. Pendant la maladie du Roi à Metz, la Reine, mère de Marie Leczinska, y demeura.

Le Dauphin y vint plusieurs fois encore ; à l'un de ses voyages, le duc de Croÿ, seigneur fort avisé, et auteur de Mémoires singulièrement curieux, que j'ai les meilleures raisons du monde de vous recommander de lire (Flammarion les a récemment publiés), dit : « *Je fus faire ma cour à M. le Dauphin : le beau séjour de Meudon est un des plus agréables de ceux que le Roi possède, surtout par la vue de Paris. Le soir, je descendis chez le prince de Grimberghe, dans sa jolie maison au-dessous du château.* » Cette maison est celle de madame de Verrüe, dont j'ai déjà parlé.

Les petits-enfants de Louis XV y furent souvent amenés de Versailles pour y changer d'air. Le dernier séjour, avant la Révolution, fut celui du premier Dauphin, fils de Louis XVI et de Marie-Antoinette. Le pauvre être n'avait jamais pu marcher et sa mère décrivait en ces termes son inquiétude à son frère, Joseph II : « *Le Roi a été faible et maladif. Pendant son enfance, l'air de Meudon lui a été très salutaire, nous allons y envoyer mon fils.* »

« *Le séjour de Meudon n'amena aucun bien*, dit M. de Nolhac. *Au printemps de 1789, on ne peut plus rien cacher, l'enfant est condamné.* »

L'agonie du petit Dauphin fut longue. M. de Bourcet, son valet de chambre, qu'il aimait beaucoup, l'entendait crier en pleurant : « *Mon Dieu, que vous ai-je donc fait, pour me laisser souffrir ainsi* ». Il s'éteignit à Meudon, le 4 juin 1789, âgé de sept ans et demi, et fut exposé dans une chapelle ardente ; les princes, les députations des États Généraux, le Parlement, la Chambre des Comptes vinrent défiler devant son corps qu'on inhuma à Saint-Denis.

La Convention, par un décret du 20 octobre 1793, établit à Meudon des ateliers *mystérieux* où, sous la direction de Monge, de Berthollet, de Fourcroy, de Chaptal, de Robert Lindet, de Carnot, on étudiait des inventions devant servir à perfectionner l'artillerie et remplacer le salpêtre qui faisait partout défaut. On y expérimentait des projectiles incendiaires et des boulets creux, et on y fabriquait des cartouches et des fusées. On y appliquait aussi à l'art de la guerre, sur les ordres de Conté, l'aérostation récemment découverte. C'est là que furent confectionnés les ballons employés à la bataille de Fleurus.

Le 16 mars suivant, de Paris, on vit s'élever au-dessus de Meudon, une fumée épaisse et parsemée d'étincelles. Le feu était au palais, où il avait été mis par un artifice enflammé accidentellement. On eut grand peine à éteindre cet incendie.

Le château parut tellement endommagé que la municipalité de Versailles, en 1803, en ordonna la démolition : il fallut faire jouer la mine pour l'abattre et, assure-t-on, le Premier Consul se montra fort mécontent de la précipitation avec laquelle la dévastation avait eu lieu, mais trop tard, la « *Bande noire* » guettait Meudon. Les matériaux en furent dispersés et les colonnes de marbre rouge qui ornent l'arc-de-triomphe du Carrousel proviennent du monument dont nous venons de retracer brièvement l'histoire. Nous apprenons qu'un architecte de talent, M. Lebret, a entrepris la reconstitution, qu'il se propose d'exposer au Salon de 1907. Souhaitons-lui une heureuse réussite dans un projet aussi louable. C'est à lui que nous devons le plan remarquable qui accompagne notre ouvrage.

On combla une grande partie des pièces d'eau, l'ovale, le canal de l'Ombre, celui des Truites, etc., qui figurent sur les anciennes cartes. Les Vertugadins devinrent le haras, lequel, tombé entre les mains de madame Visconti et de Berthier, ne fit que plus tard retour à la Couronne.

Le petit château avait échappé au vandalisme révolutionnaire. L'Empereur le fit restaurer. Un de ses projets avait été d'y fonder une école de Rois, où il aurait fait élever ensemble les héritiers des trônes de l'Europe. On ne sait que trop, pourquoi ce projet n'eut pas de suites.

Napoléon établit en septembre 1806, sur les hauteurs de Trivaux, un camp de 10.000 hommes destinés à l'instruction de son beau-frère, le prince Borghèse, qui pourtant n'avait rien de militaire et qui logea au château.

A son retour de Prague, Marie-Louise s'y installa avec son fils et y resta jusqu'au mois de mai 1812. Le Roi de Rome se promenait dans le parc dans une petite voiture, que traînaient des chèvres aux cornes dorées, présent de la Reine de Naples.

Catherine de Wurtemberg, reine de Westphalie, chassée de Cassel par les événements, se réfugia à Meudon en août 1813.

En 1814, cet endroit-ci eut à loger un grand nombre d'alliés. Du 11 avril au 30 mai, il fut réquisitionné par les soldats de Barclay de Tolly. Les cosaques et les grenadiers russes s'y installèrent et s'y conduisirent fort mal.

L'année suivante, le pays eut fort à souffrir des Prussiens. Blücher, qui opérait sur la rive gauche de la Seine, éprouva une vive résistance de la part des débris de nos troupes, commandés par les généraux Vandamme, Exelmans et Labédoyère. Le 3 juillet, les hauteurs de Meudon et de Saint-Cloud furent le théâtre d'une fusillade meurtrière ; les ennemis ne purent être délogés de la terrasse où ils s'étaient retranchés ; ce même jour, on signa la convention qui mettait fin aux hostilités. Cependant, les habitants furent désarmés et le village pillé par les Anglais.

En sortant de la Malmaison, pour se rendre à Rochefort, l'Empereur monta incognito la grande avenue du château de Meudon, suivit la petite route derrière l'ancienne sablonnière de la verrerie de Sèvres et traversa la forêt jusqu'au petit Bicêtre, où il rejoignit la route de Rambouillet.

A la Restauration, aucun des princes n'habita le palais, que le comte d'Artois et le duc de Berry, qui ne le prirent que comme rendez-vous de chasse.

En août 1831, durant la guerre civile qui désolait le Portugal, Dom Pedro et sa fille Dona Maria da Gloria y reçurent l'hospitalité. Le duc d'Orléans fut, plusieurs fois, mis aux arrêts par Louis-Philippe, au château, à cause des fredaines amoureuses de ce prince trop charmant.

Le docteur Robert a publié, en 1843, une étude sur Meudon; selon lui, dans la commune, ont habité le général Schérer, le maréchal Ney, le maréchal Berthier, et, plus tard, le comte Bresson, celui qui fit les mariages espagnols, et dont le frère était curé de Meudon.

Redouté, le délicat peintre de fleurs, et Michelot, du Théâtre Français, vécurent à Fleury.

Meudon réclame encore le général de Montserrat, le député Méchin et le général Lejeune, qui maniait si bien le pinceau, malgré la cruelle blessure qu'un braconnier, dans le parc de Grosbois, lui avait faite à la main droite.

A Bellevue sont venus en villégiature M. Lemaire, auteur des classiques latins; Mademoiselle Rachel, M. Montrose, M. Rogier, ambassadeur de Belgique, et M. le baron de Bussière, qui représenta la France à la cour de Saxe et dont la maison avait été celle du médecin de « Mesdames ».

N'avons-nous pas encore connu près de là M. de Lesseps, — celui du Suez — et M. Eiffel, — celui de la Tour...

Il y a toujours eu, on le voit, fort bonne compagnie en ces lieux.

Au second Empire, le château devint l'apanage de l'ex-roi de Westphalie Jérôme, et, après sa mort, à Vilgenis, en 1860, du prince Napoléon, son fils, par les ordres duquel on changea fort malencontreusement

l'ordonnance des quinconces de la terrasse. Madame la princesse Clotilde y habita aussi avec ses enfants, dont l'un, le prince Louis, y naquit le 16 juillet 1864.

Pendant la fatale année 1870, après le combat de Châtillon, on organisa un simulacre de défense à Meudon. Les Allemands en délogèrent facilement nos troupes, s'y installèrent et accumulèrent sur la terrasse une grande force d'artillerie, qui bombarda Paris.

Ce fut lors de ce premier siège que le château fut incendié.

A la Commune, l'armée de Versailles occupa les hauteurs et utilisa les travaux allemands.

Pendant ces deux périodes, il se livra par ici de nombreuses escarmouches.

Ensuite, un camp fut élevé sur la terrasse et au haras; une chapelle de bois, datant d'alors, existe encore près des bâtiments incendiés.

Ce qui reste du château construit par le grand Dauphin est devenu un observatoire sous l'habile direction de M. Janssen. M. Janssen a sauvé du morcellement Meudon, dont la vente était comprise dans le compte de liquidation; l'illustre astronome nous a conservé cette merveille: remercions-l'en cordialement, nous tous qui admirons à juste titre ce souvenir d'un glorieux passé.

Qu'il nous soit permis de rappeler que les deux châteaux étaient entourés d'un parc de 2.450 arpents, clos de murs, qui, lui aussi, a disparu ; le parc actuel, datant de Louis XV, n'en étant qu'une minime partie. Les noms des Cloîtres, des Vertugadins, des Plaisirs, qui en désignaient jadis les bosquets, servent aujourd'hui à des allées du bois, à des rues du village : les parterres et les eaux en étaient magni-

fiques. Ce parc avait douze issues avec maisons forestières, dont l'une, la porte Dauphine et peut-être aussi celle de Bel-Air semblent les seules conservées.

Tout autour s'étendait une forêt immense, qui a aujourd'hui 1.367 hectares.

Son point le plus élevé est au pavillon de Trivaux, à 172 mètres au-dessus du niveau de la mer ; cette forêt, ce parc, remplis de beaux arbres, semés d'étangs charmants, étaient jadis peuplés de grands animaux. Henri IV et Louis XIII y découplèrent. Lord Portland, ambassadeur du Roi d'Angleterre, racontait dans des lettres pleines *d'humour*, adressées à son souverain, comment il y courait le loup avec le grand Dauphin : on prit un jour un de ces animaux à Anet, près Dreux, après deux jours de poursuite.

Louis XVI y tirait aussi, à la porte de Châtillon, quand, le 5 octobre 1789, on vint le chercher en toute hâte pour regagner Versailles envahi.

« *Messieurs*, dit-il à ses courtisans, *la chasse est finie !* » Ce n'était pas la chasse, mais la monarchie des Bourbons qui s'effondrait, là où elle avait pris naissance, juste deux siècles auparavant !

Aux temps passés, comme aujourd'hui, les bois de Meudon étaient un but de promenade pour les Parisiens. Madame Roland nous raconte, en ses Mémoires, quelles délicieuses parties elle y faisait, avant que la politique l'ait envahie bien fâcheusement pour elle, du reste.

Nous recommandons une visite à Villebon, acquis par Servien de divers particuliers en 1665. La ferme était alors enclose dans le parc ; il y avait là deux moulins servant à monter les eaux pour faire jouer les fontaines des jardins hauts, et construits par le grand Dauphin; ils furent démolis en 1780. La maison, à côté des cèdres qu'on admire

encore, était celle du fontainier. Aujourd'hui, cet endroit est divisé en deux parties, la Tour et l'Hermitage, devenus des restaurants fameux. La Tour seule offre quelque intérêt artistique, tant par son donjon qui semble découronné, que par sa maison du seizième siècle, sa curieuse chapelle en contre-bas et l'entrée de vastes souterrains, qui s'étendent fort loin. Près de là se trouve un ravissant étang, et plus bas celui de Trivaux et la Fontaine de Sainte-Marie, dont nous conseillons aussi la visite, ainsi que l'ascension de la côte, du haut de laquelle on a un admirable coup d'œil sur les orangeries du château. — Près de là, sont des dolmens restés en place.

Fleury, sur un coteau opposé, séparé de Meudon par le Val, est connu depuis 1285, époque où il avait des coutumes et des droits particuliers. Nous relevons parmi ses propriétaires, Jean Gentien, général des monnaies en 1363, — François Chauvelin et Marie Charmolue en 1611, — M. de Machault en 1644.

La comtesse de Montesquiou y possédait, en 1789, une propriété qui lui avait été donnée par Louis XVI et qui, devenue bien national, fut acquise ensuite par Charlotte de Rohan-Rochefort, qui avait épousé le duc d'Enghien à Ettenheim, après le licenciement de l'armée de Condé. La princesse mourut le 1er mai 1841, ayant pieusement conservé le culte du prince : aucune consolation n'avait pu adoucir sa douleur, ni diminuer ses regrets.

En 1697, Jérôme Lemaitre, président aux enquêtes du Parlement, et Marie-Françoise Josdeau y avaient aussi une maison, laquelle passa, après eux, à Antoine de la Baume, maître des comptes et à Marie-Madeleine Gigault (1719), puis à François Feray, premier médecin du Roi (1736); enfin à M. Barbou, libraire. Elle appartient aujourd'hui à la famille Marbeau.

La propriété de M. Rouillé de l'Étang, d'abord à M. Pajot, passa successivement à sa veuve, née Perinet; à la marquise de Pastoret, née Piscatori (1811); à la marquise du Plessis-Bellière, sa fille, et en 1877 à la duchesse de Galliera, qui y a fondé des maisons d'asile qu'on voit de partout.

Une autre maison appartenait, avant 1770, à M. Busselot, trésorier de France. Après sa déconfiture, la partie haute fut achetée par Mirabeau, qui la cédait en 1787 à madame de Beaulieu, veuve de M. de Montesquiou; celle-ci la revendit la même année à M. Boulée, architecte de l'Académie royale. En 1792, elle était à M. Dufresne de Saint-Léon, commissaire trésorier des dettes de l'État; en 1805, à M. Sarrette, directeur du Conservatoire de musique; en 1814, à M. Tron, grand-père de M. Jules Guiffrey, administrateur des Gobelins. Elle appartient aujourd'hui aux héritiers Riverin. (M. Verneuil, syndic des agents de change.)

L'abbé Delille a habité, à Fleury, une maison sur le fronton de laquelle il y a ces vers de lui :

Heureux qui, dans le sein de ses Dieux domestiques,
Se dérobe aux fracas des tempêtes publiques
Et dans de frais abris trompant tous les regards
Cultive ses jardins, les vertus et les arts.

Suivant acte du 22 mai 1681, Louvois céda à M. Stouppe, colonel d'un régiment suisse entretenu pour le service du Roi, demeurant à Paris, rue Barre-du-Bec, la jouissance, sa vie durant, de la maison seigneuriale de Fleury acquise par lui avec la seigneurie de Meudon moyennant l'entretien de l'immeuble et le retour à Louvois au décès de M. Stouppe. —

On rencontre souvent des gravures représentant une *Vue de Meudon prise de la maison de M. Stouppe.*

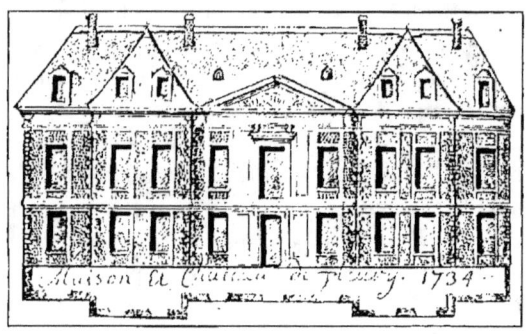

Le 26 juillet 1685, Louvois et Honoré Courtin, ce dernier demeurant rue Neuve-Saint-Louis à Paris, convinrent que le ministre laisserait à son ami, moyennant 6.000 livres, la jouissance d'une maison sise à Meudon, au bas de Fleury et acquise de Claude de Guénégaud en 1682. Il y avait là, donnant dans le parc du château, une porte dont Courtin avait la clef.

Honoré Courtin, sieur de Chantereine, conseiller au Parlement de Rouen en 1640, accompagna son parent d'Avaux à Munster. Il suivit Mazarin aux conférences de 1699 et eut l'honneur de signer au contrat de mariage du Roi. Ambassadeur à Londres, en Hollande et en Suède, il mourut conseiller d'État en 1703, à soixante-dix-sept ans. Il était l'ami intime de Louvois, d'autres disent son compagnon de plaisirs.

Sa fille, Charlotte-Angélique, avait épousé en 1678, Jacques Roque, sieur de Varengeville, ambassadeur à Venise. Veuve en 1697, elle mourut en 1732, ayant habité avec son père la petite maison de Meudon, qui leur était utile à cause du voisinage de Chaville et des Letellier, et dont la proximité les mit, plus tard, en relations avec le grand Dauphin. Cette maison appartient aujourd'hui à madame Lefort.

En 1658, Servien acquit aussi un petit fief, nommé Aubervilliers, qu'on ne saurait confondre avec une localité du même nom, voisine de Paris. En 1640, ce fief était à Geneviève de Pacy, puis passa à Arnaud de Corbie, chancelier de France. En 1633, Catherine Potier l'apporta à Jacques Jubert, sieur de Bouville. Les Coynard, dont les armes se voient à l'église, étaient seigneurs en partie d'Aubervilliers. Il y a, dans ce coin-là, des fontaines et de magnifiques futaies ; on y remarque surtout un chêne centenaire qu'on appelle l'*arbre de vie*.

Partout, on le voit, à Meudon, et tout autour de lui, abondent les souvenirs ; qu'on nous excuse si nous arrêtons ici notre récit, nous croyons notre tâche terminée. Nous vous prions, mesdames, de vouloir bien nous pardonner les erreurs et les omissions qui ont pu nous échapper. Qui, du reste, n'en a jamais commis ?

TABLE DES ILLUSTRATIONS

PLANCHES HORS TEXTE

VUE DU CHATEAU DE BELLEVUE, *prise du côté de la cour. Présentée à Madame la Marquise de Pompadour.*

VUE DU CHATEAU DE MEUDON, *du côté des parterres.*

(Reproductions de gravures de l'époque.)

PLAN ACTUEL DE LA TERRASSE DE MEUDON ET DE SES ABORDS, dressé spécialement pour cet ouvrage par M. Paul Lebret, architecte (S. A. D. G.)

VIGNETTES DE TEXTE

PAGES

La Marquise de Pompadour.. 9

Vue des coteaux de Meudon au quinzième siècle (d'après une gravure de l'époque)... 10

Restes du Château de Bellevue. — Grande-Rue....................... 12

Médaille frappée lors de l'inauguration du Château de Bellevue........... 13

Mesdames de France, filles de Louis XV............................. 14

La Tour de Malborough... 15

Maison des Colonnes... 15

Le bassin de l'avenue Mélanie...................................... 16

Madame Victoire de France... 16

Statue de Louis XV 17

Restes du Château de Bellevue. — La Terrasse....................... 18

Le Pavillon de Bellevue (Hôtel appartenant à la Société des Wagons-Lits).. 19

Fontaine du Faune... 19

La Gare du Funiculaire au Bas-Meudon.............................. 20

La Maison Huvé... 20

Esplanade et grande avenue du Château de Meudon.................... 21

Entrée des Terrasses et de l'Observatoire............................ 22

Les anciens murs vus de la rue des Pierres.......................... 22

Le vieux Meudon. — Maison rue Gambetta 23

Abreuvoir creusé par Louvois (rue de la République)................. 24

Ancienne porte du Parc. — Rue des Capucins........................ 25

Porte des Communs (sur la Terrasse à droite de l'entrée)............... 26

Le dolmen (Terrasse du Château de Meudon) 26

Panorama pris de la Terrasse............................... 27

Les Orangeries. — État actuel 28

Le parterre des Orangeries. — État actuel....................... 28

Henri de Meudon 29

Meudon ancien (d'après une vieille estampe)....................... 30

La Duchesse d'Étampes....................................... 31

Charles Ier, cardinal de Lorraine.............................. 32

Le Château du Duc de Guise 33

La Grotte au temps du Duc de Guise 34

Henri de Lorraine Ier dit le Balafré.............................. 35

Le dernier Duc de Guise 36

La Grotte de Meudon au temps de Louvois......................... 37

L'Église de Meudon au temps de Rabelais........................ 38

L'Église de Meudon (la tour et l'abside). — État actuel 39

Abel Servien.. 40

Maison d'Armande Béjard, veuve de Molière....................... 43

Le Marquis de Louvois....................................... 44

Vue en perspective du Château de Meudon (Époque de Louvois)......... 45

Le Grand Dauphin, fils de Louis XIV............................ 46

La Terrasse des jardins hauts. — État actuel...................... 47

Médaille frappée lors de l'inauguration par le Grand Dauphin de la Chapelle du Château de Meudon 48

Le Château Neuf (d'après une gravure ancienne)..................... 49

Le Duc de Bourgogne, fils du Grand Dauphin....................... 51

Un des bosquets de Meudon................................. 52

La Duchesse de Berry....................................... 53

Les ruines du Château de Meudon en 1871 (d'après une gravure de la
Bibliothèque Nationale...................................... 57

M. Janssen, Directeur de l'Observatoire de Meudon.................. 57

L'Observatoire de Meudon.................................. 58

L'Étang de Villebon...................................... 59

La Tour de Villebon 59

Le Château de Fleury (1734) 61

Le Paysan de Meudon (d'après une gravure ancienne) 62

Suresnes. — Imprimerie ERNEST PAYEN, 13, rue Pierre-Dupont. — 1400

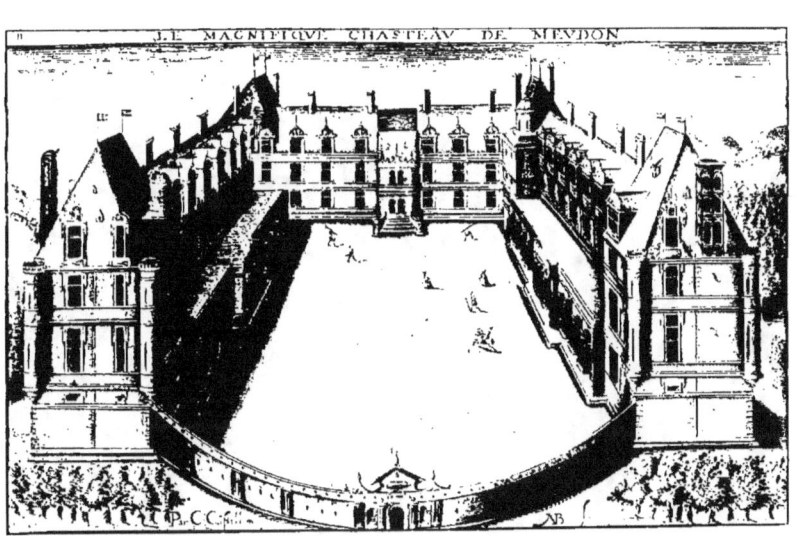

LE MAGNIFIQVE CHASTEAV DE MEVDON

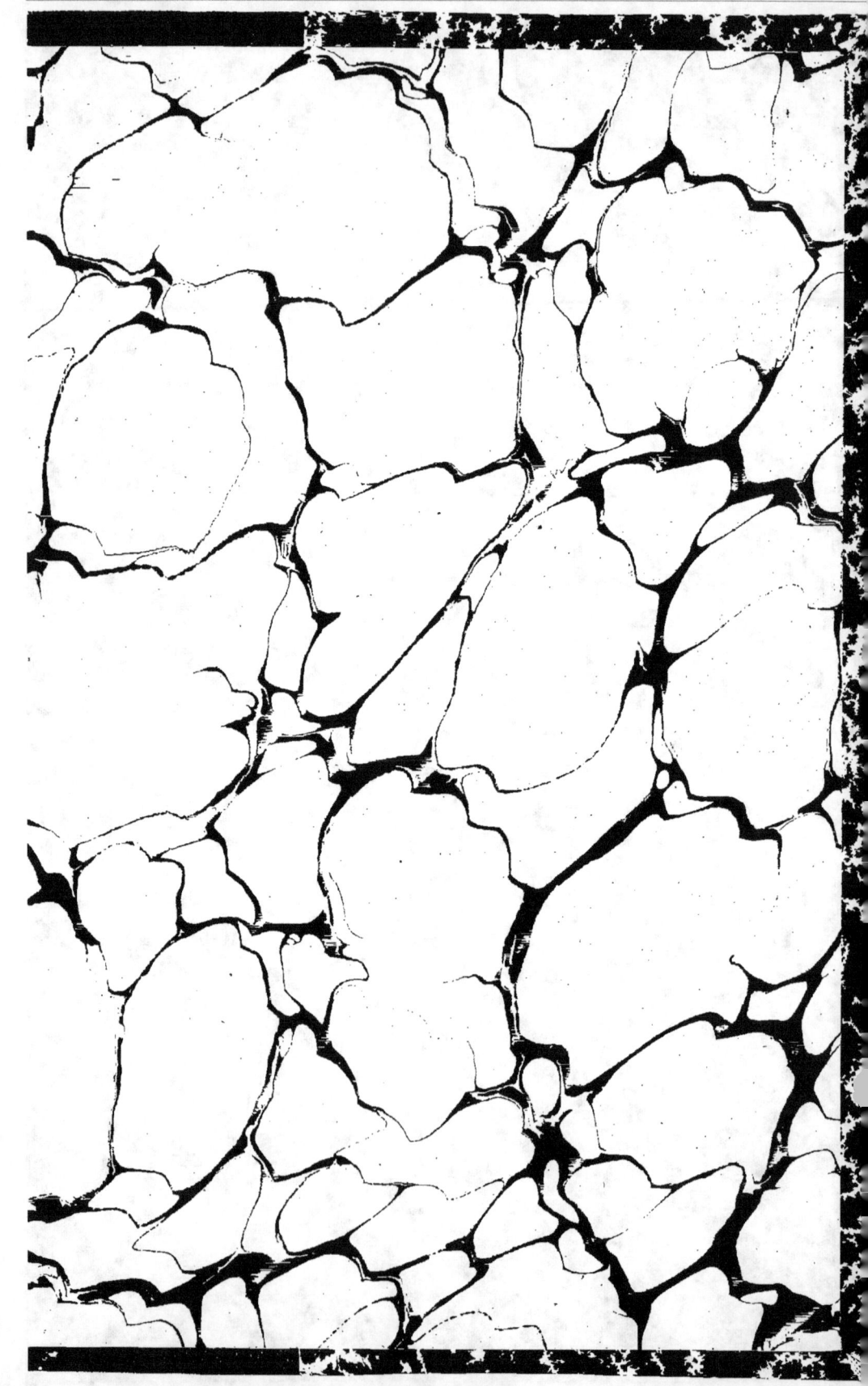

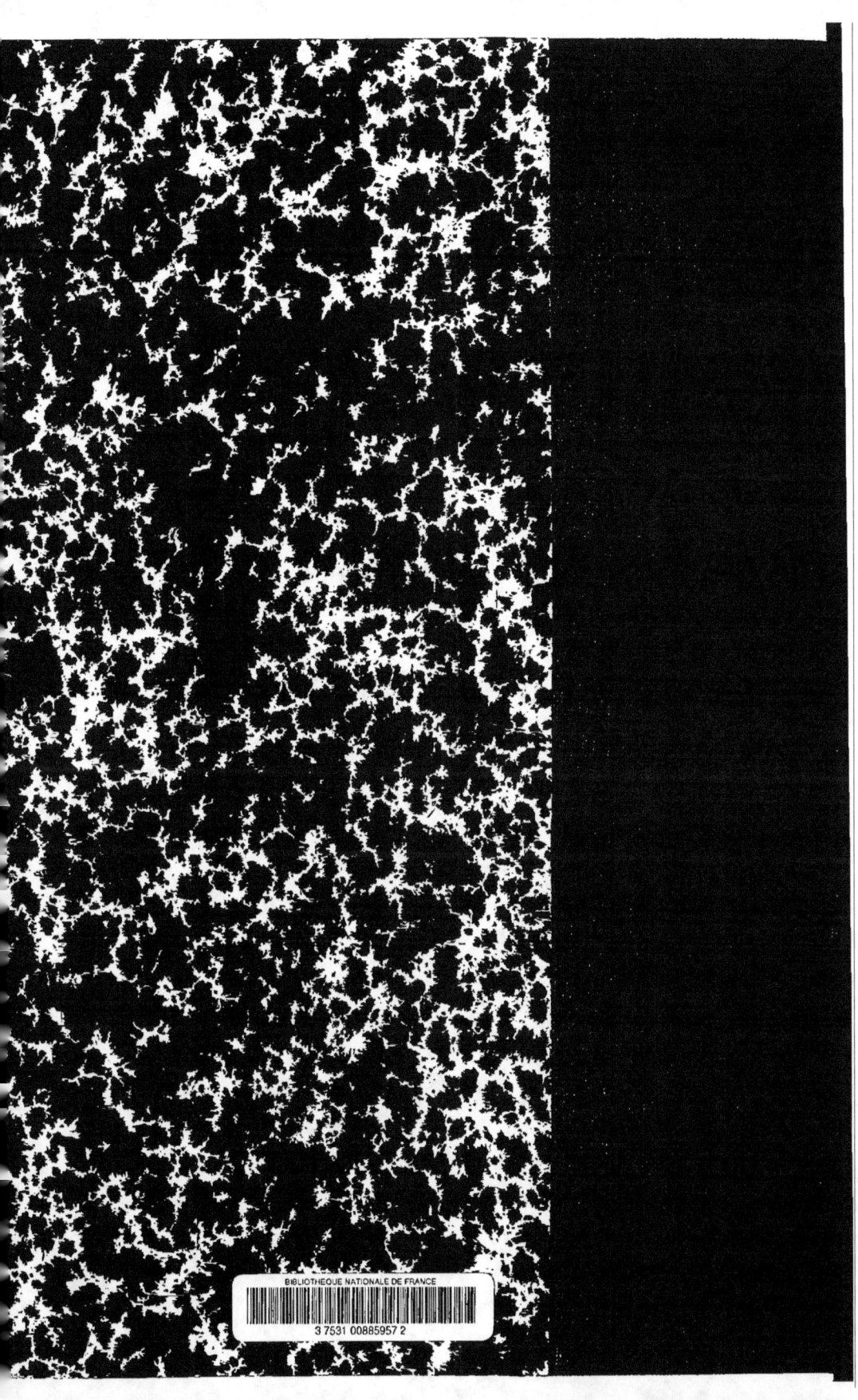

www.ingramcontent.com/pod-product-compliance
Lightning Source LLC
Chambersburg PA
CBHW060440260626
47161CB00005B/2009